我，戴望舒

戴望舒◎著

哈尔滨出版社
HARBIN PUBLISHING HOUSE

图书在版编目（CIP）数据

我，戴望舒 / 戴望舒著. —— 哈尔滨：哈尔滨出版社, 2020.8（2025.9重印）
ISBN 978-7-5484-5343-7

Ⅰ.①我… Ⅱ.①戴… Ⅲ.①中国文学 - 现代文学 - 作品综合集 Ⅳ.① I216.2

中国版本图书馆 CIP 数据核字（2020）第 109741 号

书　　名：	我，戴望舒

WO, DAI WANGSHU

作　　者：戴望舒　著
责任编辑：赵宏佳　尉晓敏
责任审校：李　战
特约编辑：李　路　唐婷婷
装帧设计：刘昌凤　秦　强

出版发行：哈尔滨出版社（Harbin Publishing House）
社　　址：哈尔滨市松北区世坤路 738 号 9 号楼　邮编：150028
经　　销：全国新华书店
印　　刷：三河市元兴印务有限公司
网　　址：www.hrbcbs.com　www.mifengniao.com
E-mail：hrbcbs@yeah.net
编辑版权热线：（0451）87900271　87900272
销售热线：（0451）87900202　87900203
邮购热线：4006900345　（0451）87900256

开　　本：660mm×960mm　1/16　印张：15.25　字数：117千字
版　　次：2020 年 8 月第 1 版
印　　次：2025 年 9 月第 3 次印刷
书　　号：ISBN 978-7-5484-5343-7
定　　价：49.80 元

凡购本社图书发现印装错误，请与本社印制部联系调换。
服务热线：（0451）87900278

目录

▲ 作品·诗歌

夕阳下 / 003

寒风中闻雀声 / 004

自家悲怨 / 005

生涯 / 006

流浪人的夜歌 / 008

断章 / 009

凝泪出门 / 010

可知 / 011

静夜 / 013

山行 / 014

残花的泪 / 015

十四行 / 017

不要这样盈盈地相看 / 018

残叶之歌 / 020

闻曼陀铃 / 022

雨巷 / 023

古神祠前 / 026

目录

我的记忆 / 028

路上的小语 / 030

林下的小语 / 032

夜 / 034

独自的时候 / 035

秋 / 036

对于天的怀乡病 / 037

印象 / 039

到我这里来 / 040

祭日 / 041

烦忧 / 043

百合子 / 044

八重子 / 045

梦都子——致霞村 / 046

我的素描 / 047

单恋者 / 049

老之将至 / 051

秋天的梦 / 053

前夜——夜的纪念,呈呐鸥兄 / 054

我的恋人 / 055

村姑 / 057

野宴 / 059

三顶礼 / 060

二月 / 061

/ 目录 /

小病 / 062

款步（一）/ 063

款步（二）/ 064

过时 / 065

有赠 / 066

游子谣 / 067

秋蝇 / 068

夜行者 / 070

微辞 / 071

妾薄命 / 072

少年行 / 073

旅思 / 074

不寐 / 075

深闭的园子 / 076

灯 / 077

寻梦者 / 079

乐园鸟 / 081

见毋忘我花 / 083

微笑 / 084

霜花 / 085

古意答客问 / 086

秋夜思 / 087

小曲 / 088

赠克木 / 089

眼 / 091

夜蛾 / 094

我思想 / 095

白蝴蝶 / 096

致萤火 / 097

狱中题壁 / 099

我用残损的手掌 / 100

过旧居 / 102

在天晴了的时候 / 106

萧红墓畔口占 / 108

偶成 / 109

示长女 / 110

御街行 / 113

流水 / 114

无题 / 116

心愿 / 117

我们的小母亲 / 119

等待（一）/ 121

等待（二）/ 122

赠内 / 124

元旦祝福 / 125

▲作品·散文

我的旅伴——西班牙旅行记之一 / 129

鲍尔陀一日——西班牙旅行记之二 / 134

在一个边境的站上——西班牙旅行记之三 / 139

西班牙的铁路——西班牙旅行记之四 / 144

巴黎的书摊 / 151

都德的一个故居 / 157

山居杂缀 / 162

失去的园子 / 164

记马德里的书市 / 166

香港的旧书市 / 170

诗人梵乐希逝世 / 174

《紫恋》译后记 / 179

林泉居日记 / 182

再生的波兰 / 206

夜莺 / 210

小说与自然 / 211

航海日记 / 213

▲后记·关于戴望舒

生平：丁香空结雨中愁 / 225

创作：从书房走进抗战的诗人 / 229

艺术成就：中国新体诗的拓荒人 / 231

作品·诗歌

作品・评论

夕阳下

晚云在暮天上散锦,
溪水在残日里流金;
我瘦长的影子飘在地上,
像山间古树底寂寞的幽灵。

远山啼哭得紫了,
哀悼着白日底长终;
落叶却飞舞欢迎
幽夜的衣角,那一片清风。

荒冢里流出幽古的芬芳,
在老树枝头把蝙蝠迷上,
它们缠绵琐细的私语,
在晚烟中低低地回荡。

幽夜偷偷地从天末归来,
我独自还恋恋地徘徊;
在这寂寞的心间,我是
消隐了忧愁,消隐了欢快。

寒风中闻雀声

枯枝在寒风里悲叹,
死叶在大道上萎残;
雀儿在高唱薤露歌,
一半儿是自伤自感。

大道上是寂寞凄清,
高楼上是悄悄无声,
只有那孤岑的雀儿,
伴着孤岑的少年人。

寒风已吹老了树叶,
更吹老少年的华鬓,
又复在他的愁怀里,
将一丝的温馨吹尽。

唱啊,同情的雀儿,
唱破我芬芳的梦境;
吹罢,无情的风儿,
吹断我飘摇的微命。

自家悲怨

怀着热望来相见,
希冀一诉旧衷情,
偏你冷冷无片言;
我只合踏着残英
远去了,自家悲怨。

而今希望又虚无,
且消受终天长怨。
转看风里的蜘蛛,
又可怜地飘摇断
这一缕零丝残绪。

生涯|

泪珠儿已抛残,
只剩了悲思。
无情的百合啊,
你明丽的花枝。
你太娟好,太轻盈,
人间天上不堪寻。

人间伴我唯孤苦,
白昼给我是寂寥;
只有那甜甜的梦儿,
慰我在深宵:
我希望长睡沉沉,
长在那梦里温存。

可是清晨我醒来
在枕边找到了悲哀:
欢乐只是一幻梦,
孤苦却待我生挨!

我暗把泪珠哽咽,

我又生活了一天。

泪珠儿已抛残,

悲思偏无尽,

啊,我生命的慰安!

我屏营待你垂悯:

在这世间寂寂,

朝朝只有呜咽。

流浪人的夜歌

残月是已死美人,

在山头哭泣嘤嘤,

哭她细弱的魂灵。

怪枭在幽谷悲鸣,

饥狼在嘲笑声声,

在那莽莽的荒坟。

此地黑暗的占领,

恐怖在统治人群,

幽夜茫茫地不明。

来到此地泪盈盈,

我是飘泊的孤身,

我要与残月同沉。

断章

这问题我不要分明,
不要说爱不要说恨,
当我们提壶痛饮时,
可先问是酸酒芳醇?

愿她温温的眼波,
荡醒我心头的春草:
谁希望有花儿果儿?
只愿春天里活几朝。

凝泪出门

昏昏的灯,

溟溟的雨,

沉沉的未晓天;

凄凉的情绪,

将我的愁怀占住。

凄绝的寂静中,

你还酣睡未醒;

我无奈踯躅徘徊,

独自凝泪出门:

啊,我已够伤心。

清冷的街灯,

照着车儿前进;

在我的胸怀里,

我是失去了欢欣,

愁苦已来临。

可知

可知怎的旧时的欢乐，
到回忆都变作悲哀，
在月暗灯昏时候
重重地兜上心来，
啊，我的欢爱！

为了如今唯有愁和苦，
朝朝的难遣难排，
恐惧以后无欢日，
愈觉得旧时难再，
啊，我的欢爱！

可是只要你能爱我深，
只要你深情不改，
这今日的悲哀，
会变作来朝的欢快，
啊，我的欢爱！

否则悲苦难排解,
幽暗重重向我来,
我将含怨沉沉睡,
睡在那碧草青苔,
啊,我的欢爱!

/ 作品・诗歌 /

静夜

像侵晓蔷薇的蓓蕾,
含着晶耀的香露,
你盈盈地低泣,低着头,
你在我心头开了烦忧路。

你哭泣嘤嘤地不停,
我心头反复地不宁;
这烦忧是从何处生,
使你堕泪,又使我伤心?

停了泪儿啊,请莫悲伤,
且把那原因细讲,
在这幽夜沉寂又微凉,
人静了,这正是时光。

山行

见了你朝霞的颜色，

便感到我落月的沉哀，

却似晓天的云片，

烦怨飘上我心来。

可是不听你啼鸟的娇音，

我就要像流水的呜咽，

却似凝露的山花，

我不禁地泪珠盈睫。

我们行行在微茫的山径，

让梦香吹上了征衣，

和那朝霞，和那啼鸟，

和你不尽的缠绵意。

/ 作品·诗歌 /

残花的泪

寂寞的古园中,
明月照幽素,
一枝凄艳的残花
对着蝴蝶泣诉:

我的娇丽已残,
我的芳时已过,
今宵我流着香泪,
明朝会萎谢尘土。

我的旖艳与温馨,
我的生命与青春,
都已为你所有,
都已为你消受尽!

你旧日的蜜意柔情
如今已抛向何处?
看见我憔悴的颜色,

你啊,你默默无语!

你会把我孤凉地抛下,
独自蹁跹地飞去,
又飞到别枝春花上,
依依地将她恋住。

明朝晓日来时
小鸟将为我唱薤露歌;
你啊,你不会眷顾旧情
到此地来凭吊我!

十四行

看微雨飘落在你披散的鬓边,
像小珠碎落在青色海带草间,
或是死鱼浮在碧海的波浪上,
闪出万点神秘又凄切的幽光,

它诱着又带着我青色的魂灵,
到爱和死的梦的王国中逡巡,
那里有金色山川和紫色太阳,
而可怜的生物流喜泪到胸膛;

就像一只黑色的衰老的瘦猫,
在幽光中我憔悴又伸着懒腰,
吐出我一切虚伪真诚的骄傲;

然后,又跟着它踉跄在轻雾朦胧,
像淡红的酒沫漂浮在琥珀盅,
我将有情的眼埋藏在记忆中。

不要这样盈盈地相看

不要这样盈盈地相看,
把你伤感的头儿垂倒,
静,听啊,远远地,在林里,
在死叶上的希望又醒了。

是一个昔日的希望,
它沉睡在林里已多年;
是一个缠绵烦琐的希望,
它早在遗忘里沉湮。

不要这样盈盈地相看,
把你伤感的头儿垂倒,
这一个昔日的希望,
它已被你惊醒了。

这是缠绵烦琐的希望,
如今已被你惊起了,
它又要依依地前来

将你与我烦忧。

不要这样盈盈地相看,
把你伤感的头儿垂倒,
静,听啊,远远地,从林里,
惊醒的昔日的希望来了。

残叶之歌

男子

你看,湿了雨珠的残叶

静静地停在枝头,

(湿了泪珠的心儿

轻轻地贴在你心头。)

它踌躇着怕那微风

吹它到缥缈的长空。

女子

你看,那小鸟曾经恋过枝叶,

如今却要飘忽无迹。

(我的心儿和残叶一样,

你啊,忍心人,你要去他方。)

它可怜地等待着微风,

要依风去追逐爱者的行踪。

男子

那么,你是叶儿,我是那微风,

我曾爱你在枝上,也爱你在街中。

女子

来吧,你把你微风吹起,

我将我残叶的生命还你。

闻曼陀铃

从水上飘起的,春夜的曼陀铃,
你咽怨的亡魂,孤冷又缠绵,
你在哭你的旧时情?

你徘徊到我的窗边,
寻不到昔日的芬芳,
你惆怅地哭泣到花间。

你凄婉地又重进我的纱窗,
还想寻些坠鬟的珠屑——
啊,你又失望地咽泪去他方。

你依依地又来到我耳边低泣;
啼着那颓唐哀怨之音;
然后,懒懒地,到梦水间消歇。

/ 作品·诗歌 /

雨巷

撑着油纸伞，独自
彷徨在悠长，悠长
又寂寥的雨巷，
我希望逢着
一个丁香一样的
结着愁怨的姑娘。

她是有
丁香一样的颜色，
丁香一样的芬芳，
丁香一样的忧愁，
在雨中哀怨，
哀怨又彷徨。

她彷徨在这寂寥的雨巷，
撑着油纸伞
像我一样，
像我一样地，

默默彳亍着,
冷漠,凄清,又惆怅。

她静默地走近
走近,又投出
太息一般的眼光,
她飘过
像梦一般的,
像梦一般的凄婉迷茫。

像梦中飘过
一枝丁香的,
我身旁飘过这女郎;
她静默地远了,远了,
到了颓圮的篱墙,
走尽这雨巷。

在雨的哀曲里,
消了她的颜色,
散了她的芬芳,
消散了,甚至她的
太息般的眼光,
丁香般的惆怅。

撑着油纸伞,独自
彷徨在悠长,悠长
又寂寥的雨巷,
我希望飘过
一个丁香一样的
结着愁怨的姑娘。

古神祠前

古神祠前逝去的
暗暗的水上,
印着我多少的
思量的轻轻的脚迹,
比长脚的水蜘蛛,
更轻更快的脚迹。

从苍翠的槐树叶上,
它轻轻地跃到
饱和了古愁的钟声的水上,
它掠过涟漪,踏过荇藻,
跨着小小的,小小的
轻快的步子走。
然后,蹰躇着,
生出了翼翅……

它飞上去了,
这小小的蜉蝣,

不，是蝴蝶，它翩翩飞舞，

在芦苇间，在红蓼花上；

它高升上去了，

化作一只云雀，

把清音撒到地上……

现在它是鹏鸟了。

在浮动的白云间，

在苍茫的青天上，

它展开翼翅慢慢地，

作九万里的翱翔，

前生和来世的逍遥游。

它盘旋着，孤独地，

在迢遥的云山上，

在人间世的边际，

长久地，固执到可怜。

终于，绝望地，

它疾飞回到我心头，

在那儿忧愁地蛰伏。

我的记忆

我的记忆是忠实于我的,
忠实甚于我最好的友人。

它生存在燃着的烟卷上,
它生存在绘着百合花的笔杆上,
它生存在破旧的粉盒上,
它生存在颓垣的木莓上,
它生存在喝了一半的酒瓶上,
在撕碎的往日的诗稿上,在压干的花片上,
在凄暗的灯上,在平静的水上,
在一切有灵魂没有灵魂的东西上,
它在到处生存着,像我在这世界一样。

它是胆小的,它怕着人们的喧嚣,
但在寂寥时,它便对我来作密切的拜访。
它的声音是低微的,
但是它的话是很长,很长,
很多,很琐碎,而且永远不肯休:

它的话是古旧的,老讲着同样的故事,

它的音调是和谐的,老唱着同样的曲子;

有时它还模仿着爱娇的少女的声音,

它的声音是没有气力的,

而且还夹着眼泪,夹着太息。

它的拜访是没有一定的,

在任何时间,在任何地点,

时常当我已上床,朦胧地想睡了;

或是选一个大清早,

人们会说它没有礼貌,

但是我们是老朋友。

它是琐琐地永远不肯休止的,

除非我凄凄地哭了,

或是沉沉地睡了,

但是我永远不讨厌它,

因为它是忠实于我的。

路上的小语

——给我吧,姑娘,那朵簪在你发上的

小小的青色的花,

它是会使我想起你的温柔来的。

——它是到处都可以找到的,

那边,你看,在树林下,在泉边,

而它又只会给你悲哀的记忆的。

——给我吧,姑娘,你的像花一样地燃着的,

像红宝石一般晶耀着的嘴唇,

它会给我蜜的味,酒的味。

——不,它只有青色的橄榄的味,

和未熟的苹果的味,

而且是不给说谎的孩子的。

——给我吧,姑娘,那在你衫子下的

你的火一样的,十八岁的心,

那里是盛着天青色的爱情的。

——它是我的,是不给任何人的,
除非有人愿意把他自己的真诚的
来作一个交换,永恒地。

林下的小语

走进幽暗的树林里,
人们在心头感到寒冷。
亲爱的,在心头你也感到寒冷吗,
当你在我怀里,
而且我们的唇又黏着的时候?

不要微笑,亲爱的,
啼泣一些是温柔的
啼泣吧,亲爱的,啼泣在我的膝上,
在我的胸头,在我的颈边:
啼泣不是一个短促的欢乐。

"追随你到世界的尽头",
你固执地这样说着吗?
你在戏谑吧!你去追平原的天风吧!
我呢,我是比天风更轻,更轻,
是你永远追随不到的。

哦，不要请求我的无用心了！

你到山上去觅珊瑚吧，

你到海底去觅花枝吧。

什么是我们的好时光的纪念吗？

在这里，亲爱的，在这里，

这沉哀，这绛色的沉哀。

夜

夜是清爽而温暖,
飘过的风带着青春和爱的香味:
我的头是靠在你裸着的膝上,
你想微笑,而我却啜泣。

温柔的是缢死在你的发丝上,
它是那么长,那么细,那么香;
但是我是怕着,那飘过的风
要把我们的青春带去。

我们只是被年海的波涛
挟着漂去的可怜的沉舟,
不要讲古旧的绮丽风光了,
纵然你有柔情,我有眼泪。

我是害怕那飘过的风,
那带去了别人的青春和爱飘过的风,
它也会带去我们的,
然后丝丝地吹入凋谢了的蔷薇花丛。

/ 作品·诗歌 /

独自的时候

房里曾充满过清朗的笑声,
正如花园里充满过百合或素馨,
人在满积着梦的灰尘中抽烟,
沉想着凋残了的音乐。

在心头飘来飘去的是什么啊,
像白云一样的无定,像白云一样的沉郁?
而且要对它说话也是徒然的,
正如人徒然向白云说话一样。

幽暗的房里耀着的只有光泽的木器,
独语着的烟斗也黯然缄默,
人在尘雾的空间描摹着白润的裸体
和烧着人的火一样的眼睛。

为自己悲哀和为别人悲哀是同样的事,
虽然自己的梦是和别人的不同的,
但是我知道今天我是流过眼泪,
而从外边,寂静是悄悄地进来。

秋

再过几日秋天是要来了,
默坐着,抽着陶制的烟斗,
我已隐隐听见它的歌吹
从江水的船帆上。

它是在奏着管弦乐:
这个使我想起做过的好梦;
从前我认它为好友是错了,
因为它带了忧愁来给我。

林间的猎角声是好听的,
在死叶上的漫步也是乐事,
但是,独身汉的心地我是很清楚的,
今天,我是没有闲雅的兴致。

我对它没有爱也没有恐惧,
我知道它所带来的东西的重量,
我是微笑着,安坐在我的窗前,
当浮云带着恐吓的口气来说:
秋天要来了,望舒先生!

/ 作品·诗歌 /

对于天的怀乡病

怀乡病,怀乡病,
这或许是一切
有一张有些忧郁的脸,
一颗悲哀的心,
而且老是缄默着,
还抽着一枝烟斗的
人们的生涯吧。

怀乡病,哦,我啊,
我也许是这类人之一吧,
我呢,我渴望着回返
到那个天,到那个如此青的天,
在那里我可以生活又死灭,
像在母亲的怀里,
一个孩子欢笑又啼泣。

我啊,我是一个怀乡病者,
对于天的,对于那如此青的天的;
那里,我是可以安憩地睡眠,
没有半边头风,没有不眠之夜,

没有心的一切的烦恼,

这心,它,已不是属于我的,

而有人已把它抛弃了

像人们抛弃了敝屣一样。

印象

是飘落深谷去的

幽微的铃声吧,

是航到烟水去的

小小的渔船吧,

如果是青色的珍珠;

它已堕到古井的暗水里。

林梢闪着的颓唐的残阳,

它轻轻地敛去了

跟着脸上浅浅的微笑。

从一个寂寞的地方起来的,

迢遥的,寂寞的呜咽,

又徐徐回到寂寞的地方,寂寞地。

到我这里来

到我这里来，假如你还存在着，

全裸着，披散了你的发丝；

我将对你说那只有我们两人懂得的话。

我将对你说为什么蔷薇有金色的花瓣，

为什么你有温柔而馥郁的梦，

为什么锦葵会从我们的窗间探首进来。

人们不知道的一切我们都会深深了解，

除了我的手的颤动和你的心的奔跳；

不要怕我发着异样的光的眼睛，

向我来：你将在我的臂间找到舒适的卧榻。

可是，啊，你是不存在着了，

虽则你的记忆还使我温柔地颤动，

而我是徒然地等待着你，每一个傍晚，

在橙花下，沉思地，抽着烟。

/ 作品·诗歌 /

祭日

今天是亡魂的祭日,

我想起了我的死去了六年的友人。

或许他已老一点了,怅惜他爱娇的妻,

他哭泣着的女儿,他剪断了的青春。

他一定是瘦了,过着漂泊的生涯,在幽冥中,

但他的忠诚的目光是永远保留着的,

而我还听到他往昔的熟稔有劲的声音,

"快乐吗,老戴?"(快乐,唔,我现在已没有了。)

他不会忘记了我:这我是很知道的,

因为他还来找我,每月一二次,在我梦里,

他老是饶舌的,虽则他已归于永恒的沉寂,

而他带着忧郁的微笑的长谈使我悲哀。

我已不知道他的妻和女儿到哪里去了,

我不敢想起她们,我甚至不敢问他,在梦里;

当然她们不会过着幸福的生涯的,

像我一样,像我们大家一样。

快乐一点吧,因为今天是亡魂的祭日;
我已为你预备了在我算是丰盛了的晚餐,
你可以找到我园里的鲜果,
和那你所嗜好的陈威士忌酒。
我们的友谊是永远地柔和的,
而我将和你谈着幽冥中的快乐和悲哀。

烦忧

说是寂寞的秋的悒郁,
说是辽远的海的怀念。
假如有人问我烦忧的缘故,
我不敢说出你的名字。

我不敢说出你的名字,
假如有人问我烦忧的缘故:
说是辽远的海的怀念,
说是寂寞的秋的悒郁。

百合子

百合子是怀乡病的可怜的患者,
因为她的家是在灿烂的樱花丛里的;
我们徒然有百尺的高楼和沉迷的香夜,
但温煦的阳光和朴素的木屋总常在她缅想中。

她度着寂寂的悠长的生涯,
她盈盈的眼睛茫然地望着远处;
人们说她冷漠的是错了,
因为她沉思的眼里是有着火焰。

她将使我为她而憔悴吗?
或许是的,但是谁能知道?
有时她向我微笑着,
而这忧郁的微笑使我也坠入怀乡病里。

她是冷漠的吗?不。
因为我们的眼睛是秘密地交谈着;
而她是醉一样地合上了她的眼睛的,
如果我轻轻地吻着她花一样的嘴唇。

/ 作品·诗歌 /

八重子 |

八重子是永远地忧郁着的,
我怕她会郁瘦了她的青春。
是的,我为她的健康挂虑着,
尤其是为她的沉思的眸子。

发的香味是簪着辽远的恋情,
辽远到要使人流泪;
但是要使她欢喜,我只能微笑,
只能像幸福者一样地微笑。

因为我要使她忘记她的孤寂,
忘记萦系着她的渺茫的乡思,
我要使她忘记她在走着
无尽的,寂寞的凄凉的路。

而且在她的唇上,我要为她祝福,
为我的永远忧郁着的八重子,
我愿她永远有着意中人的脸,
春花的脸,和初恋的心。

梦都子
——致霞村

她有太多的蜜饯的心——

在她的手上，在她的唇上；

然后跟着口红，跟着指爪，

印在老绅士的颊上，

刻在醉少年的肩上。

我们是她年轻的爸爸，诚然，

但也害怕我们的女儿到怀里来撒娇，

因为在蜜饯的心以外，

她还有蜜饯的乳房，

而在撒娇之后，她还会放肆。

你的衬衣上已有了贯矢的心，

而我的指上又有了纸捻的约指，

如果我爱惜我的秀发，

那么你又该受那心愿的忤逆。

我的素描

辽远的国土的怀念者,

我,我是寂寞的生物。

假若把我自己描画出来,

那是一幅单纯的静物写生。

我是青春和衰老的集合体,

我有健康的身体和病的心。

在朋友间我有爽直的声名,

在恋爱上我是一个低能儿。

因为当一个少女开始爱我的时候,

我先就要栗然地惶恐。

我怕着温存的眼睛,

像怕初春青空的朝阳。

我是高大的,我有光辉的眼;
我用爽朗的声音恣意谈笑。

但在悒郁的时候,我是沉默的,
悒郁着,用我二十四岁的整个的心。

/ 作品·诗歌 /

单恋者

我觉得我是在单恋着,

但是我不知道是恋着谁:

是一个在迷茫的烟水中的国土吗,

是一支在静默中零落的花吗,

是一位我记不起的陌路丽人吗?

我不知道。

我知道的是我的胸膨胀着,

而我的心悸动着,像在初恋中。

在烦倦的时候,

我常是暗黑的街头的踯躅者,

我走遍了嚣嚷的酒场,

我不想回去,好像在寻找什么。

飘来一丝媚眼或是塞满一耳腻语,

那是常有的事。

但是我会低声说:

"不是你!"然后踉跄地又走向他处。

/ 我，戴望舒 /

人们称我为"夜行人"，
尽便吧，这在我是一样的；
真的，我是一个寂寞的夜行人。
而且又是一个可怜的单恋者。

/ 作品·诗歌 /

老之将至

我怕自己将慢慢地慢慢地老去,
随着那迟迟寂寂的时间,
而那每一个迟迟寂寂的时间,
是将重重地载着无量的怅惜的。

而在我坚而冷的圈椅中,在日暮,
我将看见,在我昏花的眼前
飘过那些模糊的暗淡的影子:
一片娇柔的微笑,一只纤纤的手,
几双燃着火焰的眼睛,
或是几点耀着珠光的眼泪。

是的,我将记不清楚了:
在我耳边低声软语着
"在最适当的地方放你的嘴唇"的,
是那樱花一般的樱子吗?
那是茹丽苔吗,飘着懒倦的眼!
望着已卸了的锦缎的鞋子?……

这些，我将都记不清楚了，
因为我老了。

我说，我是担忧着怕老去，
怕这些记忆凋残了，
一片一片地，像花一样，
只留着垂哭的枝条，孤独地。

秋天的梦

迢遥的牧女的羊铃
摇落了轻的树叶。

秋天的梦是轻的,
那是窈窕的牧女之恋。

于是我的梦是静静地来了,
但却载着沉重的昔日。

唔,现在,我是有一些寒冷,
一些寒冷,和一些忧郁。

前夜
——夜的纪念,呈呐鸥兄

在斯登布尔启碇的前夜,

托密的衣袖变作了手帕,

她把眼泪和着唇脂拭在上面,

要为他壮行色,更加一点粉香。

明天会有太淡的烟和太淡的酒,

和磨不损的太坚固的时间,

而现在,她知道应该有怎样的忍耐:

托密已经醉了,而且疲倦得可怜。

这的橙花香味的南方的少年,

他不知道明天只能看见天和海——

或许在"家,甜蜜的家"里他会康健些,

但是他的温柔的亲戚却要更瘦,更瘦。

我的恋人

我将对你说我的恋人,
我的恋人是一个羞涩的人,
她是羞涩的,有着桃色的脸,
桃色的嘴唇,和一颗天青色的心。

她有黑色的大眼睛,
那不敢凝看我的黑色的大眼睛——
不是不敢,那是因为她是羞涩的,
而当我依在她胸头的时候,
你可以说她的眼睛是变换了颜色,
天青的颜色,她的心的颜色。

她有纤纤的手,
它会在我烦忧的时候安抚我,
她有清朗而爱娇的声音,
那是只向我说着温柔的,
温柔到销熔了我的心的话的。
她是一个静娴的少女,

她知道如何爱一个爱她的人，

但是我永远不能对你说她的名字，

因为她是一个羞涩的恋人。

村姑

村里的姑娘静静地走着,

提着她的蚀着青苔的水桶;

溅出来的冷水滴在她的跣足上,

而她的心是在泉边的柳树下。

这姑娘会静静地走到她的旧屋去,

那在一棵百年的冬青树荫下的旧屋,

而当她想到在泉边吻她的少年,

她会微笑着,抿起了她的嘴唇。

她将走到那古旧的木屋边,

她将在那里惊散了一群在啄食的瓦雀,

她将静静地走到厨房里,

又静静地把水桶放在干刍边。

她将帮助她的母亲造饭,

而从田间回来的父亲将坐在门槛上抽烟,

她将给猪圈里的猪喂食,

又将可爱的鸡赶进它们的窠里去。

在暮色中吃晚饭的时候,
她的父亲会谈着今年的收成,
他或许会说到她的女儿的婚嫁,
而她便将羞怯地低下头去。

她的母亲或许会说她的懒惰,
(她打水的迟延便是一个好例子,)
但是她会不听到这些话,
因为她在想着那有点鲁莽的少年。

野宴

对岸青叶荫下的野餐,
只有百里香和野菊作伴;
河水已洗涤了碍人的礼仪,
白云遂成为飘动的天幕。

那里有木叶一般绿的薄荷酒,
和你所爱的芬芳的腊味,
但是这里有更可口的芦笋
和更新鲜的乳酪。

我的爱软的草的小姐,
你是知味的美食家:
先尝这开胃的饮料,
然后再试那丰盛的名菜。

三顶礼

引起寂寂的旅愁的,
翻着软浪的暗暗的海,
我的恋人的发,
受我怀念的顶礼。

恋之色的夜合花,
佻挞的夜合花,
我的恋人的眼,
受我沉醉的顶礼。

给我苦痛的螫的,
苦痛的但是欢乐的螫的,
你小小的红翅的蜜蜂,
我的恋人的唇,
受我怨恨的顶礼。

二月

春天已在野菊的头上逡巡着了,
春天已在斑鸠的羽上逡巡着了,
春天已在青溪的藻上逡巡着了,
绿荫的林遂成为恋的众香国。

于是原野将听倦了谎话的交换,
而不载重的无邪的小草
将醉着温软的皓体的甜香;

于是,在暮色冥冥里,
我将听了最后一个游女的惋叹,
拈着一支蒲公英缓缓地归去。

小病

从竹帘里漏进来的泥土的香,
在浅春的风里它几乎凝住了;
小病的人嘴里感到了莴苣的脆嫩,
于是遂有了家乡小园的神往。

小园里阳光是常在芸薹的花上吧,
细风是常在细腰蜂的翅上吧,
病人吃的莱菔的叶子许被虫蛀了,
而雨后的韭菜却许已有甜味的嫩芽了。

现在,我是害怕那使我脱发的饕餮了,
就是那滑腻的海鳗般美味的小食也得斋戒,
因为小病的身子在浅春的风里是软弱的,
况且我有神往于家园阳光下的莴苣。

款步(一)

这里是爱我们的苍翠的松树,
它曾经遮过你的羞涩和我的胆怯,
我们的这个同谋者是有一个好记性的,
现在,它还向我们说着旧话,但并不揶揄。

还有那多嘴的深草间的小溪,
我不知道它今天为什么缄默:
我不看见它,或许它已换一条路走了,
饶舌着,迤迤然绕着小村而去了。

这边是来做夏天的客人的闲花野草,
它们是穿着新装,像在婚筵里,
而且在微风里对我们作有礼貌的礼敬,
好像我们就是新婚夫妇。

我的小恋人,今天我不对你说草木的恋爱,
却让我们的眼睛静静地说我们自己的,
而且我要用我的舌头封住你的小嘴唇了,
如果你再说:我已闻到你的愿望的气味。

款步(二)

答应我绕过这些木栅,
去坐在江边的游椅上。
啮着沙岸的永远的波浪,
总会从你投出着的素足
撼动你抿紧的嘴唇的。
而这里,鲜红并寂静得
与你的嘴唇一样的枫林间,
虽然残秋的风还未来到,
但我已经从你的缄默里,
觉出了它的寒冷。

过时

说我是一个在怅惜着,
怅惜着好往日的少年吧,
我唱着我的崭新的小曲,
而你却揶揄:多么"过时"!
是呀,过时了,我的"单恋女"
都已经变作妇人或是母亲,
而我,我还可怜地年轻——
年轻?不吧,有点靠不住。

是呀,年轻是有点靠不住,
说我是有一点老了吧!
你只看我拿手杖的姿态
它会告诉你一切;而我的眼睛亦然。

老实说,我是一个年轻的老人了:
对于秋草秋风是太年轻了,
而对于春月春花却又太老。

有赠

谁曾为我束起许多花枝,
灿烂过又憔悴了的花枝,
谁曾为我穿起许多泪珠,
又倾落到梦里去的泪珠?

我认识你充满了怨恨的眼睛,
我知道你愿意缄在幽暗中的话语,
你引我到了一个梦中,
我却又在另一个梦中忘了你。

我的梦和我的遗忘中的人,
哦,受过我暗自祝福的人,
终日有意地灌溉着蔷薇,
我却无心地让寂寞的兰花愁谢。

/ 作品・诗歌 /

游子谣 |

海上微风起来的时候,
暗水上开遍青色的蔷薇。
——游子的家园呢?

篱门是蜘蛛的家,
土墙是薜荔的家,
枝繁叶茂的果树是鸟雀的家。

游子却连乡愁也没有,
他沉浮在鲸鱼海蟒间:
让家园寂寞的花自开自落吧。

因为海上有青色的蔷薇,
游子要萦系他冷落的家园吗?
还有比蔷薇更清丽的旅伴呢。

清丽的小旅伴是更甜蜜的家园,
游子的乡愁在那里徘徊踯躅。
唔,永远沉浮在鲸鱼海蟒间吧。

秋蝇

木叶的红色,
木叶的黄色,
木叶的土灰色:
窗外的下午!

用一双无数的眼睛,
衰弱的苍蝇望得昏眩。
这样窒息的下午啊!
它无奈地搔着头搔着肚子。

木叶,木叶,木叶,
无边木叶萧萧下。

玻璃窗是寒冷的冰片了,
太阳只有苍茫的色泽。
巡回地散一次步吧!
它觉得它的脚软。

红色,黄色,土灰色,

昏眩的万花筒的图案啊!

迢遥的声音,古旧的,

大伽蓝的钟磬?天末的风?

苍蝇有点僵木,

这样沉重的翼翅啊!

飘下地,飘上天的木叶旋转着,

红色,黄色,土灰色的错杂的回轮。

无数的眼睛渐渐模糊,昏黑,

什么东西压到轻绡的翅上,

身子像木叶一般地轻,

载在巨鸟的翎翻上吗?

夜行者

这里他来了:夜行者!

冷清清的街道有沉着的跫音,

从黑茫茫的雾,

到黑茫茫的雾。

夜的最熟稔的朋友,

他知道它的一切琐碎,

那么熟稔,在它的熏陶中,

他染了它一切最古怪的脾气。

夜行者是最古怪的人。

你看他在黑夜里:

戴着黑色的毡帽,

迈着夜一样静的步子。

微辞

园子里蝶褪了粉蜂褪了黄,
则木叶下的安息是允许的吧,
然而好玩弄的女孩子是不肯休止的,
"你瞧我的眼睛,"她说,"它们恨你!"

女孩子有恨人的眼睛,我知道,
她还有不洁的指爪,
但是一点恬静和一点懒是需要的,
只瞧那新叶下静静的蜂蝶。

魔道者使用曼陀罗根或是枸杞,
而人却像花一般地顺从时序,
夜来香娇妍地开了一个整夜,
朝来送入温室一时能重鲜吗?

园子都已恬静,
蜂蝶睡在新叶下,
迟迟的永昼中,
无厌的女孩子也该休止。

妾薄命

一枝,两枝,三枝,
床巾上的图案花
为什么不结果子啊!
过去了:春天,夏天,秋天。

明天梦已凝成了冰柱;
还会有温煦的太阳吗?
纵然有温煦的太阳,跟着檐溜,
去寻坠梦的叮咚吧!

少年行

是簪花的老人呢,
灰暗的篱笆披着茑萝;

旧曲在颤动的枝叶间死了,
新锐的蝉用单调的生命赓续。

结客寻欢都成了后悔,
还要学少年的行蹊吗?

平静的天,平静的阳光下,
烂熟的果子平静地落下来了。

旅思

故乡芦花开的时候,
旅人的鞋跟染着征泥,
黏住了鞋跟,黏住了心的征泥,
几时经可爱的手拂拭?

栈石星饭的岁月,
骤山骤水的行程:
只有寂静中的促织声,
给旅人尝一点家乡的风味。

不寐

在沉静的音波中，
每个爱娇的影子
在眩晕的脑里
作瞬间的散步；

只有短促的瞬间，
然后列成桃色的队伍，
月移花影地淡然消溶：
飞机上的阅兵式。

掌心抵着炎热的前额，
腕上有急促的温息；
是那一宵的觉醒啊？
这种透过皮肤的温息。

让沉静的最高的音波
来震破脆弱的耳膜吧。
窒息的白色的帐子，墙……
什么地方去喘一口气呢？

深闭的园子

五月的园子
已花繁叶满了,
浓荫里却静无鸟喧。

小径已铺满苔藓,
而篱门的锁也锈了——
主人却在迢遥的太阳下。

在迢遥的太阳下,
也有璀璨的园林吗?

陌生人在篱边探首,
空想着天外的主人。

/ 作品·诗歌 /

灯 |

士为知己者用，

故承恩的灯

遂做了恋的同谋人：

作憧憬之雾的

青色的灯，

作色情之屏的

桃色的灯。

因为我们知道爱灯，

如仁者乐山，智者乐水，

为供它的法眼的鉴赏

我们展开秘藏的风俗画：

灯却不笑人的风魔。

在灯的友爱的光里，

人走进了美容院；

千手千眼的技师，

替人匀着最宜雅的脂粉，

于是我们便目不暇给。

太阳只发着学究的教训,
而灯光却作着亲切的密语,
至于交头接耳的暗黑,
就是饕餮者的施主了。

/ 作品·诗歌 /

寻梦者

梦会开出花来的,

梦会开出娇妍的花来的:

去求无价的珍宝吧。

在青色的大海里,

在青色的大海的底里,

深藏着金色的贝一枚。

你去攀九年的冰山吧,

你去航九年的旱海吧,

然后你逢到那金色的贝。

它有天上的云雨声,

它有海上的风涛声,

它会使你的心沉醉。

把它在海水里养九年,

把它在天水里养九年,

然后,它在一个暗夜里开绽了。

当你鬓发斑斑了的时候,
当你眼睛朦胧了的时候,
金色的贝吐出桃色的珠。

把桃色的珠放在你怀里,
把桃色的珠放在你枕边,
于是一个梦静静地升上来了。

你的梦开出花来了,
你的梦开出娇妍的花来了,
在你已衰老了的时候。

乐园鸟

飞着,飞着,春,夏,秋,冬,

昼,夜,没有休止,

华羽的乐园鸟,

这是幸福的云游呢,

还是永恒的苦役?

渴的时候也饮露,

饥的时候也饮露,

华羽的乐园鸟,

这是神仙的佳肴呢,

还是为了对于天的乡思?

是从乐园里来的呢,

还是到乐园里去的?

华羽的乐园鸟,

在茫茫的青空中

也觉得你的路途寂寞吗?

假使你是从乐园里来的
可以对我们说吗,
华羽的乐园鸟,
自从亚当、夏娃被逐后,
那天上的花园已荒芜到怎样了?

见毋忘我花

为你开的,
为我开的毋忘我花,
为了你的怀念,
为了我的怀念,
它在陌生的太阳下,
陌生的树林间,
谦卑地,悒郁地开着。

在僻静的一隅,
它为你向我说话,
它为我向你说话;
它重述我们用凝望
远方潮润的眼睛,
在沉默中所说的话,
而它的语言又是
像我们的眼一样沉默。

开着吧,永远开着吧,
挂虑我们的小小的青色的花。

微笑

轻岚从远山飘开,
水蜘蛛在静水上徘徊;
说吧:无限意,无限意。

有人微笑,
一颗心开出花来,
有人微笑,
许多脸儿忧郁起来。

做定情之花带的点缀吧,
做遥迢之旅愁之凭借吧。

霜花

九月的霜花,

十月的霜花,

雾的娇女,

开到我鬓边来。

装点着秋叶,

你装点了单调的死,

雾的娇女,

来替我簪你素艳的花。

你还有珍珠的眼泪吗?

太阳已不复重燃死灰了。

我静观我鬓丝的零落,

于是我迎来你所装点的秋。

古意答客问

孤心逐浮云之炫烨的卷舒,
惯看青空的眼喜侵阈的青芜。
你问我的欢乐何在?
——窗头明月枕边书。

侵晨看岗踯躅于山巅,
入夜听风琐语于花间。
你问我的灵魂安息于何处?
——看那袅绕地,袅绕地升上去的炊烟。

渴饮露,饥餐英;
鹿守我的梦,鸟祝我的醒。
你问我可有人间世的挂虑?
——听那消沉下去的百代之过客的跫音。

秋夜思

谁家动刀尺?

心也需要秋衣。

听鲛人的召唤,

听木叶的呼吸!

风从每一条脉络进来,

窃听心的枯裂之音。

诗人云:心即是琴。

谁听过那古旧的阳春白雪?

为真知的死者的慰藉,

有人已将它悬在树梢,

为天籁之凭托——

但曾一度谛听的飘逝之音。

而断裂的吴丝蜀桐,

仅使人从弦柱间思忆华年。

小曲

啼倦的鸟藏喙在彩翎间,
音的小灵魂向何处翩跹?
老去的花一瓣瓣委尘土,
香的小灵魂在何处流连?

它们不能在地狱里,不能,
这那么好,那么好的灵魂!
那么是在天堂,在乐园里?
摇摇头,圣彼得可也否认。

没有人知道在哪里,没有,
诗人却微笑而三缄其口:
有什么东西在调和氤氲,
在他的心的永恒的宇宙。

赠克木

我不懂别人为什么给那些星辰

取一些它们不需要的名称,

它们闲游在太空,无牵无挂,

不了解我们,也不求闻达。

记着天狼,海王,大熊……这一大堆,

还有它们的成分,它们的方位,

你绞干了脑汁,胀破了头,

弄了一辈子,还是个未知的宇宙。

星来星去,宇宙运行,

春秋代序,人死人生,

太阳无量数,太空无限大,

我们只是倏忽渺小的夏虫井蛙。

不痴不聋,不作阿家翁,

为人之大道全在懵懂,

最好不求甚解,单是望望,

看天,看星,看月,看太阳。

也看山,看水,看云,看风,
看春夏秋冬之不同,
还看人世的痴愚,人世的倥偬;
静默地看着,乐在其中。

乐在其中,乐在空与时以外,
我和欢乐都超越过一切境界,
自己成一个宇宙,有它的日月星,
来供你钻究,让你皓首穷经。

或是我将变成一颗奇异的彗星,
在太空中欲止即止,欲行即行,
让人算不出轨迹,瞧不透道理,
然后把太阳敲成碎火,把地球撞成泥。

/ 作品·诗歌 /

眼 |

在你的眼睛的微光下

迢遥的潮汐升涨：

玉的珠贝，

青铜的海藻……

千万尾飞鱼的翅，

剪碎分而复合的

顽强的渊深的水。

无渚涯的水，

暗青色的水；

在什么经纬度上的海中，

我投身又沉溺在

以太阳之灵照射的诸太阳间，

以月亮之灵映光的诸月亮间，

以星辰之灵闪烁的诸星辰间，

于是我是彗星，

有我的手，

有我的眼，

并尤其有我的心。

我晞曝于你的眼睛的

苍茫朦胧的微光中,

并在你上面,

在你的太空的镜子中

鉴照我自己的

透明而畏寒的

火的影子,

死去或冰冻的火的影子。

我伸长,我转着,

我永恒地转着,

在你的永恒的周围

并在你之中……

我是从天上奔流到海,

从海奔流到天上的江河,

我是你每一条动脉,

每一条静脉,

每一个微血管中的血液,

我是你的睫毛

(它们也同样在你的

眼睛的镜子里顾影,)

是的,你的睫毛,你的睫毛,

而我是你,
因而我是我。

夜蛾

绕着蜡烛的圆光,

夜蛾作可怜的循环舞,

这些众香国的谪仙不想起

已死的虫,未死的叶。

说这是小睡中的亲人,

飞越关山,飞越云树,

来慰藉我们的不幸,

或者是怀念我们的死者,

被记忆所逼,离开了寂寂的夜台来。

我却明白它们就是我自己,

因为它们用彩色的大绒翅

遮覆住我的影子,

让它留在幽暗里。

这只是为了一念,不是梦,

就像那一天我化成凤。

我思想

我思想,故我是蝴蝶……
万年后小花的轻呼
透过无梦无醒的云雾,
来振撼我斑斓的彩翼。

白蝴蝶

给什么智慧给我,
小小的白蝴蝶,
翻开了空白之页,
合上了空白之页?

翻开的书页:
寂寞;
合上的书页:
寂寞。

/ 作品·诗歌 /

致萤火

萤火,萤火,
你来照我。

照我,照这沾露的草,
照这泥土,照到你老。

我躺在这里,让一颗芽
穿过我的躯体,我的心,
长成树,开花;

让一片青色的藓苔,
那么轻,那么轻
把我全身遮盖,

像一双小手纤纤,
当往日我在昼眠,
把一条薄被
在我身上轻披。

我躺在这里

咀嚼着太阳的香味；

在什么别的天地，

云雀在青空中高飞。

萤火，萤火

给一缕细细的光线——

够担得起记忆，

够把沉哀来吞咽！

/ 作品·诗歌 /

狱中题壁

如果我死在这里,

朋友啊,不要悲伤,

我会永远地生存

在你们的心上。

你们之中的一个死了,

在日本占领地的牢里,

他怀着的深深仇恨,

你们应该永远地记忆。

当你们回来,从泥土

掘起他伤损的肢体,

用你们胜利的欢呼

把他的灵魂高高扬起,

然后把他的白骨放在山峰,

曝着太阳,沐着飘风:

在那暗黑潮湿的土牢,

/ 我，戴望舒 /

我用残损的手掌

这曾是他唯一的美梦。

我用残损的手掌

摸索这广大的土地：

这一角已变成灰烬，

那一角只是血和泥；

这一片湖该是我的家乡，

（春天，堤上繁花如锦障，

嫩柳枝折断有奇异的芬芳。）

我触到荇藻和水的微凉；

这长白山的雪峰冷到彻骨，

这黄河的水夹泥沙在指间滑出；

江南的水田，你当年新生的禾草

是那么细，那么软……现在只有蓬蒿；

岭南的荔枝花寂寞地憔悴，

尽那边，我蘸着南海没有渔船的苦水……

无形的手掌掠过无限的江山，

手指沾了血和灰，手掌粘了阴暗，

只有那辽远的一角依然完整，

温暖，明朗，坚固而蓬勃生春。

在那上面，我用残损的手掌轻抚，

像恋人的柔发，婴孩手中乳。

我把全部的力量运在手掌

贴在上面，寄予爱和一切希望，

因为只有那里是太阳，是春，

将驱逐阴暗，带来苏生，

因为只有那里我们不像牲口一样活，

蝼蚁一样死……那里，永恒的中国！

过旧居

这样迟迟的日影,

这样温暖的寂静,

这片午炊的香味,

对我是多么熟稔。

这带露台,这扇窗,

后面有幸福的窥望,

还有几架书,两张床,

一瓶花……这已是天堂。

我没有忘记:这是家,

妻如玉,女儿如花,

清晨的呼唤和灯下的闲话,

想一想,会叫人发傻;

单听他们亲昵地叫,

就够人整天地骄傲,

出门时挺起胸,伸直腰,

工作时也抬头微笑。

现在……可不是我回家的午餐？……
桌上一定摆上了盘和碗，
亲手调的羹，亲手煮的饭，
想起了就会嘴馋。

这条路我曾经走了多少回！
多少回？……过去都压缩成一堆，
叫人不能分辨，日子是那么相类，
同样幸福的日子，这些孪生姊妹！

我可糊涂啦，是不是今天
出门时我忘记说"再见"？
还是这事情发生在许多年前，
其中间隔着许多变迁？

可是这带露台，这扇窗，
那里却这样静，没有声响，
没有可爱的影子，娇小的叫嚷，
只是寂寞，寂寞，伴着阳光。

而我的脚步为什么又这样累？
是否我肩上压着苦难的岁月，

压着沉哀,透渗到骨髓,
使我眼睛朦胧,心头消失了光辉?

为什么辛酸的感觉这样新鲜?
好像伤没有收口,苦味在舌间。
是一个归途的设想把我欺骗,
还是灾难的日月真横亘其间?

我不明白,是否一切都没改动,
却是我自己做了白日梦,
而一切都在那里,原封不动:
欢笑没有冰凝,幸福没有尘封?

或是那些真实的岁月,年代,
走得太快一点,赶上了现在,
回过头来瞧瞧,匆忙又退回来,
再陪我走几步,给我瞬间的欢快?

……
有人开了窗,
有人开了门,
走到露台上——
一个陌生人。

生活,生活,漫漫无尽的苦路!
咽泪吞声,听自己疲倦的脚步:
遮断了魂梦的不仅是海和天,云和树,
无名的过客在往昔作了瞬间的踌躇。

在天晴了的时候

在天晴了的时候,

该到小径中去走走:

给雨润过的泥路,

一定是凉爽又温柔;

炫耀着新绿的小草,

已一下子洗净了尘垢;

不再胆怯的小白菊,

慢慢地抬起它们的头,

试试寒,试试暖,

然后一瓣瓣地绽透;

抖去水珠的凤蝶儿

在木叶间自在闲游,

把它的饰彩的智慧书页

曝着阳光一开一收。

到小径中去走走吧,

在天晴了的时候:

赤着脚,携着手,

踏着新泥,涉过溪流。

新阳推开了阴霾了,
溪水在温风中晕皱,
看山间移动的暗绿——
云的脚迹——它也在闲游。

萧红墓畔口占

走六小时寂寞的长途,
到你头边放一束红山茶,
我等待着,长夜漫漫,
你却卧听着海涛闲话。

偶成

如果生命的春天重到，
古旧的凝冰都哗哗地解冻，
那时我会再看见灿烂的微笑，
再听见明朗的呼唤——这些迢遥的梦。

这些好东西都决不会消失，
因为一切好东西都永远存在，
它们只是像冰一样凝结，
而有一天会像花一样重开。

示长女

记得那些幸福的日子！
女儿，记在你幼小的心灵：
你童年点缀着海鸟的彩翎，
贝壳的珠色，潮汐的清音，
山岚的苍翠，繁花的绣锦，
和爱你的父母的温存。

我们曾有一个安乐的家，
环绕着淙淙的泉水声，
冬天曝着太阳，夏天笼着清荫，
白天有朋友，晚上有恬静，
岁月在窗外流，不来打搅
屋里终年长驻的欢欣，
如果人家窥见我们在灯下谈笑，
就会觉得单为了这也值得过一生。

我们曾有一个临海的园子，
它给我们滋养的番茄和金笋，

你爸爸读倦了书去垦地,
你妈妈在太阳阴里缝纫,
你呢,你在草地上追彩蝶,
然后在温柔的怀里寻温柔的梦境。

人人说我们最快活,
也许因为我们生活过得蠢,
也许因为你妈妈温柔又美丽,
也许因为你爸爸诗句最清新。

可是,女儿,这幸福是短暂的,
一刹时都被云锁烟埋;
你记得我们的小园临大海,
从那里你一去就不再回来,
从此我对着那迢遥的天涯,
松树下常常徘徊到暮霭。

那些绚烂的日子,像彩蝶,
现在枉费你摸索追寻,
我仿佛看见你从这间房
到那间,用小手挥逐阴影,
然后,缅想着天外的父亲,
把疲倦的头搁在小小的绣枕。

可是，记得那些幸福的日子，
女儿，记在你幼小的心灵：
你爸爸仍旧会来，像往日，
守护你的梦，守护你的醒。

/ 作品·诗歌 /

御街行

满帘红雨春将老,说不尽,阳春好。
问君何处是春归,何处春归遍杳?
一庭绿意,玉阶伫立,似觉春还早。
天涯路断蘼芜草,留不住,春去了。
雨丝风片尽连天,愁思撩来多少?
残莺无奈,生生啼断,与我堪同调。

流水

在寂寞的黄昏里,
我听见流水嘹亮的言语:

"穿过暗黑的,暗黑的林,
流到那边去!
到升出赤色的太阳海去!"

"你,被践踏的草和被弃的花,
一同去,跟着我们的流一同去。"

"冲过横在路头的顽强的石,
溅起来,溅起浪花来,
从它上面冲过去!"

"泻过草地,泻过绿色的草地,
没有踌躇或是休止,
把握你的意志。"

"我们是各处的水流的集体,
从山间,从乡村,
从城市的沟渠……
我们是力的力。"

"决了堤防,破了闸!
阻拦我们吗?
你会看见你的毁灭。……"

在一个寂寂的黄昏里,
我看见一切的流水,
在同一个方向中,
奔流到太阳的家乡去。

无题

我和世界之间是墙,

墙和我之间是灯,

灯和我之间是书,

书和我之间是——隔膜!

/ 作品·诗歌 /

心愿

几时可以开颜笑笑,

把肚子吃一个饱,

到树林子去散一会儿步,

然后回来安逸地睡一觉?

只有把敌人打倒。

几时可以再看见朋友们,

跟他们游山,玩水,谈心,

喝杯咖啡,抽一支烟,

念念诗,坐上大半天?

只有送敌人入殓。

几时可以一家团聚,

拍拍妻子,抱抱儿女,

烧个好菜,看本电影,

回来围炉谈笑到更深?

只有将敌人杀尽。

只有起来打击敌人，
自由和幸福才会临降，
否则这些全是白日梦
和没有现实的游想。

/ 作品・诗歌 /

我们的小母亲

机械将完全地改变了,在未来的日子——
不是那可怖的汗和血的榨床,
不是驱向贫和死的恶魔的大车。
它将成为可爱的,温柔的,
而且仁慈的,我们的小母亲,
一个爱着自己的多数的孩子的,
用有力的,热爱的手臂,
紧抱着我们,抚爱着我们的
我们这一类人的小母亲。

是啊,我们将没有了恐慌,没有了憎恨,
我们将热烈地爱它,用我们多数的心。
我们不会觉得它是一个静默的铁的神秘,
在我们,它是有一颗充着慈爱的血的心的,
一个人间的孩子们的母亲。

于是,我们将劳动着,相爱着,
在我们的小母亲的怀里;

在我们的小母亲的怀里,
我们将互相了解,
更深切地互相了解……
而我们将骄傲地自庆着,
是啊,骄傲地,有一个
完全为我们的幸福操作着
慈爱地抚育着我们的小母亲,
我们的有力的铁的小母亲!

等待(一)

我等待了两年,

你们还是这样遥远啊!

我等待了两年,

我的眼睛已经望倦啊!

说六个月可以回来啦,

我却等待了两年啊,

我已经这样衰败啦,

谁知道还能够活几天啊。

我守望着你们的脚步,

在熟稔的贫困和死亡之间,

当你们再来,带着幸福,

会在泥土中看见我张大的眼。

等待(二)

你们走了,留下我在这里等,
看血污的铺石上徘徊着鬼影,
饥饿的眼睛凝望着铁栅,
勇敢的胸膛迎着白刃;
耻辱粘住每一颗赤心,
在那里,炽烈地燃烧着悲愤。

把我遗忘在这里,让我见见
屈辱的极度,沉痛的界限,
做个证人,做你们的耳,你们的眼,
尤其做你们的心,受苦难,磨炼,
彷佛是大地的一块,让铁蹄蹂践,
彷佛是你们的一滴血,遗在你们后面。

没有眼泪没有语言的等待:
生和死那么紧地相贴相挨,
而在两者间,颀长的岁月在那里挤,
结伴而走路,好像难兄难弟。

冢地只两步远近，我知道

安然占六尺黄土，盖六尺青草；

可是这儿也没有什么大不同，

在这阴湿，窒息的窄笼：

做白虱的巢穴，做泔脚缸，

让脚气慢慢延伸到小腹上，

做柔道的呆对手，剑术的靶子，

从口鼻一齐喝水，然后给踩肚子，

膝头压在尖钉上，砖头垫在脚踵上，

听鞭子在皮骨上舞，做飞机在梁上荡……

多少人从此就没有回来，

然而活着的却耐心地等待。

让我在这里等待，

耐心地等你们回来：

做你们的耳目，我曾经生活，

做你们的心，我永远不屈服。

赠内

空白的诗贴,
幸福的年岁;
因为我苦涩的诗节
只为灾难树里程碑。

即使清丽的词华,
也会消失它的光鲜,
恰如你鬓边憔悴的花
映着明媚的朱颜。

不如寂寂地过一世,
受着你光彩的熏沐,
一旦为后人说起时,
但叫人说往昔某人最幸福。

元旦祝福

新的年岁带给我们新的希望。
祝福！我们的土地，
血染的土地，焦裂的土地，
更坚强的生命将从而滋长。

新的年岁带给我们新的力量。
祝福！我们的人民，
坚苦的人民，英勇的人民，
苦难会带来自由解放。

作品・散文

文谱·品刊

/ 作品·散文 /

我的旅伴 |
——西班牙旅行记之一

从法国入西班牙境，海道除外，通常总取两条道路：一条是经东北的蒲港（Port-Bou），一条是经西北的伊隆（Irún）。从里昂出发，比较是经由蒲港的那条路近一点，可是，因为可以经过法国第四大城鲍尔陀（Bordeaux），可以穿过"平静而美丽"的伐斯各尼亚（Vasconia），可以到蒲尔哥斯（Burgos）去瞻览世界闻名的大伽蓝，可以到伐略道里兹（Valladolid）去寻访赛尔房德思（Cervantes）的故居，可以在"绅士的"阿维拉（Avila）小作勾留，我便舍近而求远，取了从伊隆入西班牙境的那条路程。

一九三四年八月二十二日下午五时，带着简单的行囊，我到了里昂的贝拉式车站。择定了车厢，安放好了行李，坐定了位子之后，开车的时候便很近了。送行的只有友人罗大刚一人，颇有点冷清清的气象，可是久居异乡，随遇而安，离开这一个国土而到那一个国土，也就像迁一家旅舍一样，并不使我起什么怅惘之思，而况在我前面还有一个在我梦想中已变成那样神秘的西班牙在等待着我。因此，旅客们的喧骚声，开车的哨子声，汽笛声，车轮徐徐的转动声，大刚的清爽的 Bon voyage 声，在我听来便好像是一阕快乐的前奏曲了。

火车已开出站了，扬起的帽子，挥动的素巾，都已消隐在远处了。我还是凭着车窗望着，惊讶着自己又在这永远伴着我的旅途上了。车窗外的风景转着圈子，展开去，像是一轴无尽的山水长卷：苍茫的云树，青翠的牧场，起伏的山峦，绵亘的耕地，这些都在我眼前飘忽过去，但并没有引起我的注意。我的心神是在更远的地方。这样地，一个小站，两个小站过去了，而我却还在窗前伫立着，出着神，一直到一个奇怪的声音把我从梦想中拉出来。

一个奇怪的声音在我的车厢中响着，好像是婴孩的啼声，又好像是妇女的哭声，它从我的脚边发出来；接着，又有什么东西踏在我脚上。我惊奇地回头过去：四张微笑着的脸儿。我向我的脚边望去：一只黄色的小狗。于是我离开了窗口，茫然地在座位上坐了下去。

"这使你惊奇吗，先生？"坐在我旁边的一位中年人说，接着便像一个很熟的朋友似的溜溜地对我说起来："我们在河沿上鸟铺前经过，于是这个小东西就使我女人看了中意了。女人的怪癖！你说它可爱吗，这头小狗？我呢，我还是喜欢猫。哦，猫！它只有两个礼拜呢，这小东西。我们还为它买了牛奶。"他向坐在他旁边的妻子看了一眼。"你说，先生，这可不是自讨麻烦吗？——嘟嘟，别那么乱嚷乱跑！——它可弄脏了你的鞋子吗，先生？"

"没有，先生，"我说，"倒是很好玩的呢，这只小狗。"

"可不是吗？我说人人见了它会欢喜的，"我隔座的女人说，"而且人们会觉得不寂寞一点。"

是的，不寂寞。这头小小的生物用它的尖锐的唤声充满了这在辘辘的车轮声中摇荡里的小小的车厢，像利刃一般地刺到我耳中。

这时，这一对夫妇忙着照顾他们新买来的小狗，给它预备牛奶，我们刚才开始的对话，便因而中止了。趁着这个机会，我便去观察一下我的旅伴们。

坐在我旁边的中年人大约有三十五六岁，养着一撮小胡子，胖胖的脸儿发着红光，好像刚喝过了酒，额上有几条皱纹，眼睛却炯炯有光，像一个少年人。灰色条纹的裤子。上衣因为车厢中闷热已脱去了，露出了白色短袖的 Lacoste 式丝衬衫。从他的音调中，可以听出他是马赛人或都隆一带的人。他的言语服饰举止，都显露出他是一个小rentier，一个十足的法国小资产阶级者。坐在他右手的他的妻子看上去有三十岁光景。染成金黄色的棕色的头发，栗色的大眼睛，上了黑膏的睫毛，敷着发黄色的胭脂的颊儿，染成红色的指甲，葵黄色的衫子，鳄鱼皮的鞋子。在年轻的时候，她一定曾经美丽过，所以就是现在已经发胖起来，衰老下去，她还没有忘记了她的爱装饰的老习惯。依然还保持着她的往日的是她的腿胫。在栗色的丝袜下，它们描着圆润的轮廓。

坐在我对面的胖子有四十多岁，脸儿很红润，胡须剃得光光的，满面笑容。他把上衣脱去了，使劲地用一份报纸当扇子挥摇着。在他的脚边，放着一瓶酒，只剩了大半瓶，大约在上车后已喝过了。他头上的搁篮上，又是两瓶酒。我想他之所以能够这样白白胖胖欣然自得，大概就是这种葡萄酒的作用。从他的神气看来，我猜想是开铺子的（后来知道他是做酒生意的）。薄薄的嘴唇证明他是一个好说话的人，可是自从我离开窗口以后，我还没有听到他说过话。大约还没有到时候。恐怕一开口就不会停。

坐在这位胖先生旁边，缩在一隅，好像想避开别人的注意而反引起别人的注意似的，是一个不算难看的二十来岁的女人。穿着黑色的衣衫，老在那儿发呆，好像流过眼泪的有点红肿的眼睛，老是望着一个地方。她也没有带什么行李，大约只作一个短程的旅行，不久就要下车的。

在我把我的同车厢中的人观察了一遍之后，那位有点发胖的太太已经把她的小狗喂过了牛乳，抱在膝上了。

"你瞧它多乖！"她向那现在已不呜呜地叫唤的小狗望了一眼，好像对自己又好像对别人地说。

"呃，这是'新地'种，"坐在我对面的胖先生开始发言了，"你别瞧它现在那么安静，以后它脾气就会坏的，变得很凶。你们将来瞧着吧，在十六七个月之后。呃，你们住在乡下吗？我的意思是说，你们住在巡警之力所不及的僻静的地方吗？"

"为什么？"两夫妇同声说。

"为什么？为什么？为了这是'新地'种，是看家的好狗。难道你们不知道吗？它会很快地长大起来，长得高高的，它的耳朵，也渐渐地会拖得更长，垂下去。它会变得很凶猛。在夜里，你们把它放在门口，你们便可以敞开了大门高枕无忧地睡觉。"

"啊！"那妇人喊了一声，把那只小狗一下放在她丈夫的膝上。

"为什么，太太？"那胖子说，"能够高枕无忧，这还不好吗？而且'新地'种是很不错的。"

"我不要这个。我们住在城里很热闹的街上，我们用不到一头守夜狗。我所要的是一只好玩的小狗，一只可以在出去散步时随手牵着的小狗，一只会使人感到不大寂寞一点的小狗。"那女人回答，接着就去埋怨她的丈夫了："你为什么会这样糊涂！我不是已对你说过好多次了吗，我要买一头小狗玩玩？"

"我知道什么呢？"那丈夫像一个牺牲者似的回答，"这都是你自己不好，也不问一问伙计，而且那时离开车的时间又很近了。是你自己指定了买的，我只不过付钱罢了。"接着对那胖先生说，"我根本就不喜欢狗。对于狗这一门，我是完全外行。我还是喜欢猫。关于猫，我还懂得一点，暹罗种，昂高拉种；狗呢，我一点也不在行。有什么办法呢！"他耸了一耸肩，不说下去了。

"啊，太太，我懂了。你所要的是那种小种狗。"那胖先生说，接着他更卖弄出他的关于狗种的渊博的知识来："可是小种狗也有许多种，Dandie Dinmont, King Charles, Skye-terrier, Pékinois, Loulou, Biehon de malt, Japonais, Bouledogue, Teerieranglais à poils durs，以及其他等等，说也说不清楚。你所要的是哪一种样子的呢？像用刀切出来的方方正正的那种小狗呢，还是长长的毛一直披到地上又遮住了脸儿的那一种？"

"不是，是那种头很大，脸上起皱，身体很胖的有点儿像小猪的那种。以前我们街上有一家人家就养了这样一只，一副蠢劲儿，怪好玩的。"

"啊啊！那叫Bouledogue，有小种的，也有大种的。我个人不大喜欢它，正就因为它那副蠢劲儿。我个人倒喜欢King Charles 或是Japonais，"说到这里他转过脸来对我说，"呃，先生，你是日本人吗？"

"不，"我说，"中国人。"

"啊！"他接下去说，"其实Pékinois 也不错，我的妹夫就养着一条。这种狗是出产在你们国里的，是吗？"

我含糊地答应了他一声，怕他再和我说下去，便拿出了小提箱中的高谛易（Th.Gartier）的《西班牙旅行记》来翻看。可是那位胖先生倒并没有说下去，却拿起了放在脚边的酒瓶倾瓶来喝。同时，在那一对夫妻之间，便你一句我一句地争论起来了。

快九点钟了。我到餐车中去吃饭。在吃得醺醺然地回来的时候，车厢中只剩了胖先生一个人在那儿吃夹肉面包喝葡萄酒。买狗的夫妇和黑衣的少妇都已下车去了。我问胖先生是到哪里去的。他回答我是鲍尔陀。我们于是商量定，关上了车厢的门放下窗幔，熄了灯，各占一张长椅而卧，免得上车来的人占据了我们的座位，使我们不得安睡。商量既定，我们便都挺直了身子躺在长椅上。不到十几分钟，我便听到胖先生的呼呼的鼾声了。

鲍尔陀一日
——西班牙旅行记之二

清晨五点钟。受着对座客人的"早安"的敬礼,我在辘辘的车声中醒来了。这位胖先生是先我而醒的,一只手拿着酒瓶,另一只手拿着一块饼干,大约已把我当作一个奇怪的动物似的注视了好久了。

"鲍尔陀快到了吧?"我问。

"一小时之后就到了。您昨夜睡得好吗?"

"多谢,在火车中睡觉是再舒适也没有了。它摇着你,摇着你,使人们好像在摇篮中似的。"说着我便向车窗口望出去。

风景已改变了。现在已不是起伏的山峦,广阔的牧场,苍翠的树林了,在我眼前展开着的是一望无际的葡萄已经成熟了,我仿佛看见了暗绿色的葡萄叶,攀在支柱上的藤蔓,和发着宝石的光彩的葡萄。

"你瞧见这些葡萄田吗?"那胖先生说,接着,也不管我听与不听,他又像昨天谈狗经似的对我谈起酒经来了,"你要晓得,我们鲍尔陀是法国著名产葡萄酒的地方,说起'鲍尔陀酒',世界上是没有一处人不知道的。这是我们法国的命脉——也是我的命脉。这也有两个意义:第一,正如你所见到的一样,我是一天也不能离开葡萄酒的。"他喝了一口酒,放下了瓶子接下去说,"第二呢,我是做酒生意的,我在鲍尔陀开着一个小小的酒庄。葡萄酒双倍地维持着我的生活,所以也难怪我对于酒发着颂词了。喝啤酒的人会有一个混浊而阴险的头脑,像德国人一样;喝烧酒(Liqueur)的人会变成一种中酒精毒的疯狂的人；而喝了葡萄酒的人却永远是爽直的、喜乐的、满足的，最大的毛病是多说话而已，但多说话并不是一件缺德的事……"

"鲍尔陀葡萄酒的种类很多吧？"我趁空羼进去问了一句。

"这真是说也说不清呢。一般说来，是红酒白酒，在稍为在行一点的人却以葡萄的产地来分，如'美道克'（Médoc），'海岸'（Cōtcs），'沙滩'（Graves），'沙田'（Palus），'梭代尔纳'（Sauternes）等等。这是大致的分法，但每一种也因酒的品质和制造者的不同而分了许多种类，'美道克'葡萄酒有'拉斐特堡'（Chateau-Lafite），'拉都堡'（Chateau-Latour），'莱奥维尔'（Léoville）等类；'海岸'有'圣爱米略奈'（St.Emilionais），'李布尔奈'（Libournais），'弗龙沙代'（Fronsadais）等类；'沙田'葡萄酒和'沙滩'酒品质比较差一点，但也不乏名酒；享受到世界名誉的是'梭代尔纳'的白酒，那里的产酒区如鲍麦（Bommes），巴尔沙克（Barsac），泊莱涅克（Preignac）法尔格（Fargues）等，都出好酒，特别以'伊甘堡'（Chateau-Yquem）为最著名。因为他们对于葡萄酒的品质十分注意，就是采葡萄制酒的时候，至少也分三次采，每次都只采成熟了的葡萄……而且每一个制造者都有着他们世袭的秘法，就是我们也无从知晓。"在说了这一番关于鲍尔陀酒的类别之后，他下着这样的结论，"总之，如果你到了鲍尔陀之后，我第一要奉劝的便是请你去尝一尝鲍尔陀的好酒，这才可以说不枉到过鲍尔陀。……"

"对不起。"一半也是害怕他再滔滔不绝地说下去，我站起身来说，"我得去洗一个脸呢，我们回头谈吧。"

回到车厢中的时候，火车离鲍尔陀已只有十几分钟的路程了。胖先生在车厢外的走廊上笑眯眯地望着车窗外的葡萄田，好像在那些累累的葡萄上看到了他自己的满溢的生命一样。我也不去打搅他，整理好行囊，便依着车窗闲望了。

这时在我的心头起伏着的是一种莫名其妙的不安。这种不安是读了高谛易的《西班牙旅行记》而引起的,对到鲍尔陀站时,高谛易这样写着他的印象:

下车来的时候,你就受到一大群的夫役的攻击,他们分配着你的行李,合起二十个人来扛一双靴子:这还一点也不算稀奇;最奇怪的是那些由客栈老板埋伏着截拦旅客的牢什子。这一批混蛋逼着嗓子闹得天翻地覆地倾泻出一大串颂词和咒骂来:一个人抓住你的胳膊,另一个人攀住你的腿,这个人拉住你的衣服的后襟,那个人拉住你的大氅的钮子:"先生,到囊特旅馆里去吧,那里好极啦!"——"先生不要到那里去,那是一个臭虫的旅馆,臭虫旅馆这才是它的真正的店号。"那对敌的客店的代表急忙这样说。——"罗昂旅馆!""法兰西旅馆!"那一大群人跟在你后面嚷着。——"先生,他们是永远也不洗他们的砂锅的,他们用臭猪油烧菜,他们的房间里漏得像下雨,你会被他们剥削、抢盗、谋杀。"每一个人都设法使你讨厌那些他们对敌的客栈,而这一大批跟班只在你断然踏进了一家旅馆的时候才离开你。那时他们自己之间便口角起来,相互拔出皮榔头来,你骂我强盗,我骂你贼,以及其他类似的咒骂,接着他们又急急忙忙地追另一个猎物。

到了鲍尔陀的圣约翰站,匆匆地和胖先生告了别之后,我便是在这样的心境中下了火车。我下了火车:没有脚夫来抢拿我的小皮箱;我走出了车站:没有旅馆接客来拽我的衣裾。这才使我安心下来,心里想着现在的鲍尔陀的确比一八四〇年的鲍尔陀文明得多了。

我不想立刻找一个旅馆,所以我便提着轻便的小提囊安步当车顺着大路踱过去。这正是上市的时候,买菜的人挟着大篮子在我面前经过,熙熙攘攘,使我连游目骋怀之心也被打散了。一直走过了闹市之后,我的心才渐渐地宽舒起来。高谛易说:"在鲍尔陀,西班牙的影响便开始显著起来了。差不多全部的市招都是用两种文字写的;在书店里,西班牙文的书至少和法文书一样多。许多人都说着吉诃德爷和古士芝·达尔法拉契的方言……"我开始注意市招:全都是法文的;我望了一望一家书店的橱窗:一本西班牙文的书也没有;我倾听着过路人的谈话:都是道地的法语,只是有点重浊的本地口音而已。这次,我又太相信高谛易了。

这样地,我不知不觉走到了鲍尔陀最热闹的克格芝梭大街上。咖啡店也开门了,把藤椅一张张地搬到檐前去。我走进一家咖啡店去,遵照同车胖先生的话叫了一杯白葡萄酒,又叫了一杯咖啡,一客夹肉面包。

也许是车中没有睡好,也许是闲走累了,也许是葡萄酒发生了作用,一片懒惰的波浪软软地飘荡着我,使我感到有睡意了。我想:晚间十二点要动身,而我在鲍尔陀又只打算走马看花地玩一下,那么我何不找一个旅馆去睡几小时,就是玩起来的时候也可以精神抖擞一点。

罗兰路。勃拉丹旅馆。在吩咐侍者在正午以前唤醒我之后,我便很快地睡着了。

侍者在十一点半唤醒了我,在洗盥既毕出门去的时候,天已在微微地下雨。我冒着微雨到圣昂德莱大伽蓝巡礼去,这是英国人所建筑的,还是中世纪的遗物,藏着乔尔丹(Jordaëns)和维洛奈思(Véronèse)等名画家的画。从这里出来后我到喜剧院广场的鲍尔陀咖啡饭店去丰盛地进了午餐。在把肚子里装满了鲍尔陀的名酒和佳肴之后,正打算继续去览胜的时候,雨却倾盆似地泻下来。一片南方的雨急骤而短促。我不得不喝着咖啡等了半小时。

出了饭馆之后,在一整个下午之中我总计走马看花地玩了这许多地方:

圣母祠甘龚斯广场、圣米式尔寺、公园、博物馆。关于这些，我并不想多说什么，《蓝皮指南》以及《倍德凯尔》等导游书的作者，已经有更详细的记载了。

使我引为憾事的是没有到圣米式尔寺的地窖里去看一看。那里保藏着一些成为木乃伊的尸体，据高谛易说："就是诗人们和画家们的想象，也从来没有产生过比这更可怕的噩梦过。"但博物馆中几幅吕班思（Bubens）、房第克（Van Dyck）、鲍谛契里（Botticelli）的画，黄昏中在清静的公园中的散步，也就补偿了这遗憾了。

依旧丰盛地进了晚餐之后，我在大街上信步闲走了两点多钟，然后坐到咖啡馆中去，听听音乐，读读报纸，看看人。这时，我第一次证明了高谛易没有对我说谎。他说："使这个城有生气的，是那些娼妓和下流社会的妇人，她们都的确是很漂亮，差不多都生着笔直的鼻子，没有颧骨的颊儿，大大的黑眼睛，爱娇而苍白的鹅蛋形脸儿。"

这样捱到了十一点光景，我回到旅馆里去算了账，便到圣约翰站去乘那在十二点半出发到西班牙边境去的夜车。

/ 作品·散文 /

在一个边境的站上 |
——西班牙旅行记之三

夜间十二点半从鲍尔陀开出的急行列车,在清晨六点钟到了法兰西和西班牙的边境伊隆。在朦胧的意识中,我感到急骤的速率宽驰下来,终于静止了。有人在用法西两国语言报告着:"伊隆,大家下车!"

睁开睡眼向车窗外一看,呈在我眼前的只是一个像法国一切小车站一样的小车站而已。冷清清的月台,两三个似乎还未睡醒的搬运夫,几个态度很舒闲的下车去的旅客。我真不相信我已到了西班牙的边境了,但是一个声音却在更响亮地叫过来。

——"伊隆,大家下车!"

匆匆下了车,我第一个感到的就是有点寒冷。是侵晓的冷气呢,是新秋的薄寒呢,还是从比雷奈山间夹着雾吹过来的山风?我翻起了大氅的领,提着行囊就往出口走。

走出这小门就是一间大敞间,里面设着一圈行李检查台和几道低木栅,此外就没有什么别的东西。这是法兰西和西班牙的交界点,走过了这个敞间,那便是西班牙了。我把行李照别的旅客一样地放在行李检查台上,便有一个检查员来翻看了一阵,问我有什么报税的东西,接着在我的提箱上用粉笔划了一个字,便打发我走了。再走上去是护照查验处。那是一个像车站卖票处一样的小窗洞。电灯下面坐着一个留着胡子的中年人。单看他的炯炯有光的眼睛和他手头的那本厚厚的大册子,你就会感到不安了。我把护照递给了他。

他翻开来看了看里昂西班牙领事的签字，把护照上的照片看了一下，向我好奇地看了一眼，问我一声到西班牙的目的，把我的姓名录到那本大册子中去，在护照上捺了印；接着，和我最初的印象相反地，他露出微笑来，把护照交还了我，依然微笑着对我说："西班牙是一个可爱的地方，到了那里你会不想回去呢。"

真的，西班牙是一个可爱的地方，连这个护照查验员也有他的固有的可爱的风味。

这样地，经过了一重木栅，我踏上了西班牙的土地。

过了这一重木栅，便好像一切都改变了：招纸、揭示牌都用西班牙文写着，那是不用说的，就是刚才在行李检查处和搬运夫用沉浊的法国南部语音开着玩笑的工人型的男子，这时也用清朗的加斯谛略语和一个老妇人交谈起来。天气是显然地起了变化，暗沉沉的天空已澄碧起来，而在云里透出来的太阳，也驱散了刚才的薄寒而带来了温煦。然而最明显的改变却是在时间上。在下火车的时候，我曾经向站上的时钟望过一眼：六点零一分。检查行李、验护照等事，大概要花去我半小时，那么现在至少是要六点半了吧。并不如此。在西班牙的伊隆站的时钟上，时针明明地标记着五点半，事实是西班牙时间和法兰西的时间因为经纬度的不同而相差一小时。而当时在我的印象中，却觉得西班牙是永远比法兰西年轻一点。

因为是五点半，所以除了搬运夫和洒扫工役已开始活动外，车站上还是冷清清的。卖票处，行李房，兑换处，书报摊，烟店等等都没有开，旅客也疏朗朗地没有几个。这时，除了枯坐在月台的长椅上或在站上往来躞蹀以外，你是没有办法消磨时间的。到蒲尔哥斯的快车要在八点二十分才开。到伊隆镇上去走一圈呢，带着行李究竟不大方便，而且说不定要走多少路，再说，这样大清早就是跑到镇上也是没有什么多大意思的。因此，把行囊散在长椅上，我便在这个边境的车站上踱起来了。

如果你以为这个国境的城市是一个险要的地方，扼守着重兵，活动着国际间谍，压着国家的、军事的大秘密，那么你就错误了。这只是一个消失在比雷奈山边的西班牙的小镇而已。提着筐子，筐子里盛着鸡鸭，或是肩着箱笼，三三两两地来乘第一班火车的，是头上裹着包头布的山村的老妇人，面色黝黑的农民，白了头发的老匠人，像是学徒的孩子。整个西班牙小镇的灵魂都可以在这些小小的人物身上找到。而这个小小的车站，它也何尝不是十足西班牙的呢？灰色的砖石，黯黑的木柱子，已经有点腐蚀了的洋铅遮檐，贴在墙上在风中飘着的斑驳的招纸，停在车站尽头处的破旧的货车：这一切都向你说着西班牙的式微、安命、坚忍。西德（Cid）的西班牙，侗黄（Don Juan）的西班牙，吉诃德（Quixote）的西班牙，大仲马或梅里美心目中的西班牙，现在都已过去了，或者竟可以说本来就没存在过。

的确，西班牙的存在是多方面的。第一是一切旅行指南和游记中的西班牙，那就是说历史上的和艺术上的西班牙。这个西班牙浓厚地渲染着釉彩，充满了典型人物。在音乐上，绘图上，舞蹈上，文学上，西班牙都在这个面目之下出现于全世界而做着它的正式代表。一般人对于西班牙的观念，也是由这个代表者而引起的。当人们提起了西班牙的时候，你立刻会想到蒲尔哥斯的大伽蓝，格腊拿达的大食故宫斗牛，当歌舞（Tango），侗黄式的浪子，吉诃德式的梦想者！塞赖丝谛拿（La Celestina）式的老虔婆，珈尔曼式的吉卜赛女子，扇子，披肩巾，罩在高冠上的遮面纱等等，而勉强西班牙人做了你的想象的受难者；当你到了西班牙而见不到那些开着悠久的岁月的绣花的陈迹，传说中的人物，以及你心目中的西班牙固有产物的时候，你会感到失望而作"去年白雪今安在"之喟叹。然而你要知道这是最表面的西班牙，它的实际的存在是已经在一片迷茫的烟雾之中，而行将只在书史和艺术作品中赓续它的生命了。西班牙的第二个存在是更卑微一点,更穆静一点。那便是风景的西班牙。的确,在整个欧罗巴洲之中,西班牙是风景最胜最多变化的国家。恬静而笼着雾和阴影的伐斯各尼亚,典雅而充溢着光辉的加斯谛拉,雄警而壮阔的昂达鲁西亚,煦和而明朗的伐朗西亚,会使人"感到心被窃获了"的清澄的喀达鲁涅。在西班牙,我们几乎可以看到欧洲每一个国家的典型。或则草木葱茏,山川明媚;或则大山岃崱,峭壁幽深;或则古堡荒寒,困焦幽独;或则千圜澄碧,百里花香,……这都是能使你目不暇给,而至于流连忘返的。这是更有实际的生命,具有易解性(除非是村夫俗子)而容易取好于人的西班牙,因为它开拓了你对于自然之美的爱好之心,而使你衷心地生出一种舒徐的,悠长的,寥寂的默想来,然而最真实的,最深沉的,因而最难以受人了解的却是西班牙的第三个存在。这个存在是西班牙的底奥,它蕴藏着整个西班牙,用一种静默的语言向你说着整个西班牙,代表着它的每日生活,静默至于好像绝灭,可是如果你能够留意观察,用你的小心去理解,那么你就可以把握住这个卑微而静默的存在,特别是在那些小城中。这是一个式微的,悲剧的,现实的存在,没有光荣,没有梦想。现在,你在清晨或是午后走进任何一个小城去吧。你在狭窄的小路上,在深深的平静中徘徊着。阳光从静静的闭着门的阳台上坠下来,落着一个砌着碎石的小方场。什么也不来搅扰这寂静。街坊上的叫卖声在远处寂灭了,寺院的钟声已消沉下去了,你穿过小方场,经过一个作坊,一切任何作坊,铁匠的、木匠的或羊毛匠的。你伫立一会儿,看着他们带着那一种的热心,坚忍和爱操作着,你来到一所大屋子前面:半开着的门已朽腐了,门环上满是铁锈,涂着石灰的白墙已经斑驳或生满黑霉了,从门间,你望见了被野草和草苔所侵占了的院子。你当然不推门进去,但是在这墙后面,在这门里面,你会感到有苦痛、沉哀或不遂的愿望静静地躺着。你再走上去,街路上依然是沉静的一个喷泉淙淙地响着,三两只鸽子振羽作声。一个老妇扶着一个女孩佝偻着走过。

寺院的钟迟迟地响起来了,又迟迟地消歇了。……这就是最深沉的西班牙,它过着一个寒碜、静默、坚忍而安命的生活,但是它却具有怎样的使人充塞了深深的爱的魅力啊。而这个小小的车站呢,它可不是也将这奥秘的西班牙呈显给我们看了吗?

当我在车站上来往蹀躞着的时候,我心中这样地思想着。在不知不觉之中,车站中已渐渐地有生气起来了。卖票处,烟摊,报摊,都已陆续地开了门,从镇上来的旅客们,也开始用他们的嘈杂的语音充满了这个小小的车站了。

我从我的沉思中走了出来,去换了些西班牙钱,到卖票处去买了里程车票,出来买了一份昨天的《太阳报》(El Sol),一包烟,然后回到安放着我的手提箱的长椅上去。

长椅上已有人坐着了,一个老妇和几个孩子。一个,两个,三个,四个……一共是四个孩子。而且最大的一个十一二岁的孩子,已经在开始一张一张地撕去那贴在我提箱上的各地旅馆的贴纸了。我移开箱子坐了下来。这时候,有两个在我看来很别致的人物出现了。

那是邮差,军人,和京戏上所见的文官这三种人物的混合体。他们穿着绿色的制服,佩着剑,头面上却戴着像乌纱帽一般的黑色漆布做的帽子。这制服的色彩和灰暗而笼罩着阴阴的伐斯各尼亚的土地以及这个寒碜的小车站显着一种异样的不调和,那是不用说的;而就是在一身之上,这制服,佩剑,和帽子之间,也表现着绝端的不一致。"这是西班牙固有的驳杂的一部分吧。"我这样想。

七点钟了。开到了一列火车,然而这是到桑当德尔(Santander)去的。火车开了,车站一时又清冷起来。要等到八点二十分呢。

我静穆地望着铁轨,目光随着那在初阳之下闪着光的两条铁路的线伸展过去,一直到了迷茫的天际;在那里,我的神思便飘举起来了。

西班牙的铁路
——西班牙旅行记之四

> 田野的青色小径上
> 铁的生客就要经过，
> 一只铁腕行将收尽
> 晨曦所播下的禾黍。

这是俄罗斯现代大诗人叶赛宁的诗句。当看见了俄罗斯的恬静的乡村一天天地被铁路所侵略，并被这个"铁的生客"所带来的近代文明所摧毁的时候，这位憧憬着古旧的、青色的俄罗斯，歌咏着猫、鸡、马、牛，以及整个梦境一般美丽的自然界的，俄罗斯的"最后的田园诗人"，便不禁发出这绝望的哀歌来，而终于和他的古旧的俄罗斯同归于尽。

和那吹着冰雪的风，飘着忧郁的云的俄罗斯比起来，西班牙的土地是更饶于诗情一点。在那里，一切都邀人入梦，催人怀古：一溪一石，一树一花，山头碉堡，风际牛羊……当你静静地观察着的时候，你的神思便会飞越到一个更迢遥更幽古的地方去，而感到自己走到了一种恍惚一般的状态之中去，走到了那些古诗人的诗境中去。

这种恍惚，这种清丽的或雄伟的诗境，是和近代文明绝缘的。让魏特曼或凡尔哈仑去歌颂机械和近代生活吧，我们呢，我们宁可让自己沉浸在往昔的梦里。你要看一看在"铁的生客"未来到以前的西班牙吗？在《大食故宫余载》（一八三二）中，华盛顿·欧文这样地记着他从塞维拉到格腊拿达途中的风景的一个片断：

> ……见旧堡，遂徘徊于堡中久之。……堡踞小山，山跌瓜低拉河萦绕如带，河身非广，澌澌作声，绕堡而逝。山花覆水，红鲜欲滴。绿阴中间出石榴佛手之树，夜莺嘤鸣其间，柔婉动听。去堡不远，有小桥跨河而渡；激流触石，直犯水礁。礁房环以黄石，那当日堡人用以屑面者。渔滕巨网，晒堵黄石之墉；小舟横陈，即隐绿阴之下。村妇衣红衣过桥，倒影入水作绛色，渡过绿漪而没。等流连景光，恨不能画……（据林纾译文）

这是幽蒨的风光，使人流连忘返的；而在乔治·鲍罗的《圣经在西班牙》（一八四三）中，我们又可以看到加斯谛尔平原的雄警壮阔的姿态：

> 这天酷热异常，于是我们便缓缓地在旧加斯谛尔的平原上取道前进。说起西班牙，旷阔和宏壮是总要联想起的：它的山岳是雄伟的，而它的平原也雄伟不少逊；它舒展出去，块圠无垠，但却也并不坦坦荡荡，满目荒芜，像俄罗斯的草原那样。崎岖垅埔的土地触目皆是：这里是寒泉所冲泻成的深涧和幽壑；那里是一个嶙峋而荒蛮的培，而在它的顶上，显出了一个寂寥的孤村。欢欣快乐的成分很少，而忧郁的成分却很多。我们偶然可以看见有几个孤独的农夫，在田野间操作——那是没有分界的田野，不知橡树、榆树或槐树为何物；只有悒郁而悲凉的松树，在那里炫耀着它的金字塔一般的形式，而绿草也是找不到的。这些地域中的旅人是谁呢？大部分是驴夫，以

及他们的一长列一长列系着单调地响着的铃子的驴子。……

在这样的背景上,你想吧,近代文明会呈显着怎样的丑陋和不调和,而"铁的生客"的出现,又会怎样地破坏了那古旧的山川天地之间相互的默契和熟稔,怎样地破坏了人和自然界之间的融和的氛围!那爱着古旧的西班牙,带着一种深深的怅惘数说着它的一切往昔的事物的阿索林,在他的那本百读不厌的小书《加斯谛拉》中,把西班牙的历史缩成了三幅动人的画图——十六世纪的、十九世纪的和现代的,现在,我们展开这最后一幅画图来吧:

……那边,在地平线的尽头,那些映现在澄澈的天宇上的山岗,好像已经被一把刀所砍断了。一道深深的挺直的罅隙穿过了它们;从这罅隙间,在地上,两条又长又光亮的平行的铁条穿了出来,节节地越过了整个原野。立刻,在那些山岗的断处,显现出了一个小黑点:它动着,急骤地前进,一边在天上遗留下一长条的烟。它已来到平原上了。现在,我们看见一个奇特的铁车和它的喷出一道浓烟来的烟突,而在它的后面,我们看见了一列开着小窗的黑色的箱子,从那些小窗间,我们可以辨出许多男子的和妇女的脸儿来,每天早晨,这个铁车和它的那些黑色的箱子在远方现出来;它散播着一道道的烟,发着尖锐的啸声,急骤得使人目眩地奔跑着而进城市的一个近郊去……

铁路是在哪一种姿态之下在那古旧的西班牙出现,我们已可以在这幅画图中清楚地看到了。

的确,看见机关车的浓烟染黑了他们的光辉的和朦朦的风景,喧嚣的车声打破了他们的恬静，单调的铁轨毁坏了他们的山川的柔和或刚强的线条，西班牙人是怀着深深的遗憾的。西班牙的一切，从峻嶒的比雷奈山起一直到那伽尔陀思（Galedós）所谓"逐出外国的侵犯"的那种发着辛烈的臭味的煎油为止，都是抵抗着那现代文明的闯入的。所以，那"铁的生客"的出现，比在欧美各国都要迟一点，西班牙最早的几条铁路，从巴塞洛拿（Barcelona）到马达罗（Mataró）那条是在一八四八年建立的，从马德里到阿朗胡爱斯（Aranj；uez）的那条更迟四年，是在一八五一年才筑成。而在建筑铁路之前，又是经过多少的困难和周折啊。

在一八三〇年，西班牙人已知道什么是铁路了。马尔赛里诺·加莱罗（Marcelino Calero）在一八三〇年出版了他的那本在英国印刷的，建筑一个从边境的海雷斯到圣玛丽港的铁路的计划书。在这本计划书后面，还附着一张地图和一幅插绘，是出自"拉蒙·赛沙·德·龚谛手笔"的。插绘上画着一列火车，喷着黑烟，驰行在海滨，而在海上，却航行着一只有着又高又细的烟筒的汽船。这插绘是有点幼稚的，然而它却至少带了一些火车的概念来给当时的西班牙人。加莱罗的这个计划没有实现，那是当然的事，然而在那些喜欢新的事物的人们间，火车便常被提到了。

七年之后，在一八三七年，季崖尔莫·罗佩（Guillermo Lobè）作了一次旅行，从古巴到美国，从美国又到欧洲。而在一八三九年，他在纽约出版了他的那部《在美国，法国和英国的旅行中给我的孩子们的书翰》。罗佩曾在美国和欧洲研究铁路，而在他的信上，铁路是常常讲到的。他希望西班牙全国都布满了铁路，然而他的愿望也没有很快地实现。以后，文人学士的关于铁路的记载渐渐地多起来了。在一八四一年美索奈罗·洛马诺思（Mesonero Romanos）发表了他的《法比旅行回忆记》；次年，莫代思多·拉福安德（Modesto Lauyente）发表了他的《修士海龙第奥的旅行记》第二卷。这两部游记中对于铁路都有详细的叙述，而尤以后者为更精密而有系统。这两位游记的作者都一致地公认火车旅行的诗意（这是我们所难以领略的）。美索奈罗在他的记游文中描写着铁路的诗意的各方面，在白昼的或在黑夜的。而拉福安德也沉醉于车行中所见的光景。他写着："这是一幅绝世的惊人的画图；而在暗黑的深夜中看起来，那便千倍地格外有趣味，格外有诗意。"

然而，就在这一八四二年的三月十四日，当元老院开会议论开筑一条从邦泊洛拿经巴斯当谷通到法兰西去的普通官路的时候，那元老议员却说："我的意见是，我们永远无论如何也不应该弄平了比雷奈山；反之，我们应该在原来的比雷奈山上再加上一重比雷奈山。"多少的西班牙人会同意于这个意见啊！

在一八四四年，西班牙著名的数学家玛里阿诺·伐烈何（MrianoVallejo）出版了一本题名为《铁路的新建筑》的书。这位数学家是一位折中主义者。他愿望旅行运输的便利，但他也好像不大愿意机关车的黑烟污了西班牙的青天，不大愿意它的尖锐的汽笛声冲破了西班牙的原野的平静。我们的这位伐烈何主张仍旧用牲口去牵车子，只不过那车子是在铁轨上滑行着罢了。可是，这个计划也还是没有被采用。

从一八四五年起，西班牙筑铁路的计划渐次地具体化了。报纸上继续地论着铁路的利益，资本家踊跃地想投资，而一批一批的铁路专家技师，又被从国外聘请来。一八四五年五月三十日，马德里的《传声报》记载着阿维拉、莱洪、马德里铁路企业公司的主持者之一华尔麦思来（Sir J.Walmsley）抵京进行开筑铁路的消息；六月二十二日，马德里的《日报》上载着五位英国技师经过伐拉道里兹，测量从比尔鲍到马德里的铁路路线的消息；七月三日，《传声报》又公布了筑造法兰西－西班牙铁路的计划，并说一个英国工程师的委员会，也已制成了路线的草案并把关于筑路的一切都筹划好了；而在九月十八日的《日报》上，我们又可以看到工程师勃鲁麦尔（Brumel）和西班牙北方皇家铁路公司的一行技师的到来。以后，这一类的消息还是不绝如缕，然而这些计划的实现却还需要许多岁月，还要经过十年，十五年，二十年。一八四八年巴塞洛拿和马达罗之间的铁路，一八五一年马德里和阿朗胡爱斯之间的铁路，只能算是一种好奇心的满足而已。

从这些看来，我们可以见到这"铁的生客"在西班牙是遇到了多么冷漠的款待多么顽强的抵抗。那些生野的西班牙人宁可让自己深闭在他们的家园里（真的，西班牙是一个大园林），亲切地，沉默地看着那些熟稔的花开出来又凋谢，看着那些祖先所抚摩过的遗物渐渐地涂上了岁月的色泽；而对于一切不速之客，他们都怀着一种隐隐的憎恨。

现在，在我面前的这条从法兰西西班牙的边境到马德里去的铁路，是什么时候完成的呢？这个文献我一时找不到。我所知道的是，一直到一八六〇年为止，这条路线还没有完工。一八五九年，阿尔都罗·马尔高阿尔都（Arturo Marcoartú）在他替《一八六〇闰年"伊倍里亚"政治文艺年鉴》所写的那篇关于铁路的文章中，这样地告诉我们：在一八五九年终，北方铁路公司已有六五〇基罗米突的铁路正在筑造中；没有动工的尚有七十三基罗米突。

在我前面，两条平行的铁轨在清晨的太阳下闪着光，一直延伸出去，然后在天涯消隐了。现在，西班牙已不再拒绝这"铁的生客"了。它翻过了西班牙的重重的山峦，驰过了它的广阔的平原，跨过它的潺湲的溪涧，湛湛的江河，披拂着它的晓雾暮霭，掠过它的松树的针，白杨的叶，橙树的花，喷着浓厚的黑烟，发着刺耳的汽笛声，隆隆的车轮声，每日地，在整个西班牙骤急地驰骋着了。沉在梦想中的西班牙人，你们感到有点轻微的怅惘吗，你们感到有点轻微的惋惜吗？

而我，一个东方古国的梦想者，我就要跟着这"铁的生客"，怀着进香者一般虔诚的心,到这梦想的国土中来巡礼了。生野的西班牙人,生野的西班牙土地,不要对我有什么顾虑吧。我只不过来谦卑地,小心地,静默地分一点你们的太阳,你们的梦,你们的怅惘和你们的惋惜而已。

/ 作品·散文 /

巴黎的书摊

在滞留巴黎的时候,在羁旅之情中可以算做我的赏心乐事的有两件:一是看画,二是访书。在索居无聊的下午或傍晚,我总是出去,把我迟迟的时间消磨在各画廊中和河沿上的书摊。关于前者,我想在另一篇短文中说及,这里,我只想来谈一谈访书的情趣。

其实,说是"访书",还不如说在河沿上走走或在街头巷尾的各旧书铺进出而已。我没有要觅什么奇书孤本的蓄心,再说,现在已不是在两个铜元一本的木匣里翻出一本 *Patissier francais* 的时候了。我之所以这样做,无非为了自己的癖好,就是摩挲观赏一回空手而返,私心也是很满足的,况且薄暮的赛纳河又是这样地窈窕多姿!

我寄寓的地方是 Rue de L'Echaudé,走到赛纳河边的书摊,只须沿着赛纳路步行约摸三分钟就到了。但是我不大抄这近路,这样走的时候,赛纳路上的那些画廊总会把我的脚步牵住的,再说,我有一个从头看到尾的癖,我宁可兜远路顺着约可伯路、大学路一直走到巴克路,然后从巴克路走到王桥头。

赛纳河左岸的书摊,便是从那里开始的,从那里到加路赛尔桥,可以算是书摊的第一个地带,虽然位置在巴黎的贵族的第七区,却一点也找不出冠盖的气味来。在这一地带的书摊,大约可以分这几类:第一是卖廉价的新书的,大都是各书店出清的底货,价钱的确公道,只是要你会还价,例如旧书铺里要卖到五六百法郎的勒纳尔（J.Renard）的《日记》，在那里你只须化二百法郎光景就可以买到，而且是崭新的。我的加棱所译的赛尔房德里的《模范小说》，整批的《欧罗巴杂志丛书》便都是从那儿买来的。这一类书在别处也有，只是没有这一带集中吧。其次是卖英文书的，这大概和附近的外交部或奥莱昂东站多少有点关系吧。可是这些英文书的买主却并不多，所以化两三个法郎从那些冷清清的摊子里把一本初版本的《万牲园里的一个人》带回寓所去，这种机会，也是常有的。第三是卖地道的古版书的，十七世纪的白羊皮面书，十八世纪饰花的皮脊书等等，都小心地盛在玻璃的书柜里，上了锁，不能任意地翻看，其他价值较次的古书，则杂乱地在木匣中堆积着。对着这一大堆你挨我挤着的古老的东西，真不知道如何下手。这种书摊前比较热闹一点，买书的大多数是中年人或老人。这些书摊上的书，如果书摊主是知道值钱的，你便会被他敲了去，如果他不识货，你便占了便宜来。我曾经从那一带的一位很精明的书摊老板手里，化了五个法郎买到一本一七六五年初版本的 Du Laurens 的 *Imirce*，至今犹有得意之色：第一因为 *Imirce* 是一部禁书，其次这价钱实在太便宜也。第四类是卖淫书的，这种书摊在这一带上只有一两个，而所谓卖淫者，实际也仅仅是表面的，骨子里并没有什么了不得，大都是现代人的东西，写来骗骗人的。记得靠近王桥的第一家书摊就是这一类的，老板娘是一个四五十岁的虔婆，当我有一回逗留了一下的时候，她就把我当做好主顾而怂恿我买，使我留下极坏的印象，以后就敬而远之了。其实那些地道的"珍秘"的书，如果你不愿出大价钱，还是要费力气角角落落去寻的，我曾在一家犹太人开的破货店里一大堆废书中，翻到过一本原文的 Cleland 的 *Fonny Hill*，只出了一个法郎买回来，真是意想不到的事。

从加路赛尔桥到新桥，可以算是书摊的第二个地带。在这一带，对面的美术学校和钱币局的影响是显著的。在这里，书摊老板是兼卖板画图片的，有时小小的书摊上挂得满目琳琅，原张的蚀雕，从书本上拆下的插图，戏院的招贴，花卉鸟兽人物的彩图，地图，风景片，大大小小各色俱全，反而把书列居次位了。在这些书摊上，我们是难得碰到什么值得一翻的书的，书都破旧不堪，满是灰尘，而且有一大部分是无用的教科书，展览会和画商拍卖的目录。此外，在这一带我们还可以发现两个专卖旧钱币纹章等而不卖书的摊子，夹在书摊中间，作一个很特别的点缀。这些卖画卖钱币的摊子，我总是望望然而去之的。（记得有一天一位法国朋友拉着我在这些钱币摊子前逗留了长久，他看得津津有味，我却委实十分难受，以后到河沿上走，总不愿和别人一道了。）然而在这一带却也有一两个很好的书摊子。一个摊子是一个老年人摆的，并不是他的书特别比别人丰富，却是他为人特别和气，和他交易，成功的回数居多。我有一本高克多（Cocteau）亲笔签字赠给诗人费尔囊·提华尔（Fernand Divoire）的 *Le Grand Ecart*，便是从他那儿以极廉的价钱买来的。而我在加里马尔书店买的高克多亲笔签名赠给诗人法尔格（Fargue）的初版本 *Opéra*，却使我化了七十法郎。但是我相信这是他借给我的，因为书是用蜡纸包封着，他没有拆开来看一看；看见了那献辞的时候，他也许不会这样便宜卖给我。另一个摊子是一个青年人摆的，书的选择颇精，大都是现代作品的初版和善本，所以常常得到我的光顾。我只知道这青年人的名字叫昂德莱，因为他的同行们这样称呼他，人很圆滑，自言和各书店很熟，可以弄得到价廉物美的后门货，如果顾客指定要什么书，他都可以设法。可是我请他弄一部《纪德全集》，他始终没有给我办到。

可以划在第三地带的是从新桥经过圣米式尔场到小桥这一段。这一段是赛纳河左岸书摊中的最繁荣的一段。在这一带，书摊比较都整齐一点，而且方便也多一点。太太们家里没事想到这里来找几本小说消闲，也有；学生们贪便宜想到这里来买教科书参考书，也有；文艺爱好者到这里来寻几本新出版的书，也有；学者们要研究书，藏书家要善本书，猎奇者要珍秘书，都可在这一带获得满意而回。在这一带，书价是要比他处高一些，然而总比到旧书铺里去买便宜。健吾兄觅了长久才在圣米式尔场的一家旧书店中觅到了一部《龚果尔日记》，化了六百法郎喜欣欣地捧了回去，以为便宜万分，可是在不久之后我就在这一带的一个书摊上发现了同样的一部，而装订却考究得多，索价就只要二百五十法郎，使他悔之不及。可是这种事是可遇而不可求的，跑跑旧书摊的人第一不要抱什么一定的目的，第二要有闲暇有耐心，翻得有劲儿便多翻翻，翻倦了便看看街头熙来攘往的行人，看看旁边赛纳河静静的逝水，否则跑得腿酸汗流，眼花神倦，还是一场没结果回去。话又说远了，还是来说这一带的书摊吧。我说这一带的书较别带为贵，也不是胡说的，例如整套的 *Echanges* 杂志，在第一地带中买只须十五个法郎，这里却一定要二十个，少一个不卖；当时新出版原价是二十四法朗的 Céline 的 *Voyage au bout de la nuit*，在那里买也非十八法郎不可，竟只等于原价的七五折。这些情形有时会令人生气，可是为了要读，也不得不买回去。价格最高的是靠近圣米式尔场的那两个专卖教科书参考书的摊子。学生们为了要用，也不得不硬了头皮去买，总比买新书便宜点。我从来没有做过这些摊子的主顾，反之他们倒做过我的主顾。因为我用不着的参考书在穷极无聊的时候总是拿去卖给他们的。这里，我要说一句公平话：他们所给的价钱的确比季倍尔书店高一点。这一带专卖近代善本书的摊子只有一个，在过了圣米式尔场不远快到小桥的地方。摊主是一个不大开口的中年人，价钱也不算顶贵，只是他一开口你就莫想还价：就是答应你还也是相差有限的，所以看着他陈列着的《泊鲁思特全集》，插图的《天方夜潭》全译本，Chirico 插图的阿保里奈尔的 *Calligrammes*，也只好眼红而已。在这一带，诗集似乎比别处多一些，名家的诗集化四五个法郎就可以买一册回去，至于较新一点的诗人的集子，你只要到一法郎或甚至五十生丁的木匣里去找就是了。我的那本仅印百册的 JeanGris 插图的 Reverdy 的《沉睡的古琴集》，超现实主义诗人 Gui Rosey 的《三十年战争集》等等，便都是从这些廉价的木匣子里翻出来的。还有，我忘记说了，这一带还有一两个专卖乐谱的书铺，只是对于此道我是门外汉，从来没有去领教过罢。

从小桥到须里桥那一段，可以算是河沿书摊的第四地带，也就是最后的地带。从这里起，书摊便渐渐地趋于冷落了。在近小桥的一带，你还可以找到一点你所需要的东西，例如有一个摊子就有大批 N.R.F. 和 Crasset 出版的书，可是那位老板娘讨价却实在太狠，定价十五法郎的书总要讨你十二三个法郎，而且又往往要自以为在行，凡是她心目中的现代大作家，如摩里向克，摩洛阿，爱眉（Armé）等，就要敲你一笔竹杠，一点也不肯让价；反之，像拉尔波，茹昂陀，拉第该，阿朗等优秀作家的作品，她倒肯廉价卖给你。从小桥一带再走过去，便每况愈下了。起先是虽然没有什么好书。但总还能维持河沿书摊的尊严的摊子，以后呢，卖破旧不堪的通俗小说杂志的也有了，卖陈旧的教料书和一无用处的废纸的也有了，快到须里桥那一带，竟连卖破铜烂铁，旧摆设，假古董的也有了；而那些摊子的主人呢，他们的样子和那在下面赛纳河岸上喝劣酒，钓鱼或睡午觉的街头巡阅使（Clochard）简直就没有什么大两样。到了这个时候，巴黎左岸书摊的气运已经尽了，你的腿也走乏了，你的眼睛也看倦了，如果你袋中尚有余钱，你便可以到圣日尔曼大街口的小咖啡店里去坐一会儿，喝一杯儿热热的浓浓的咖啡，然后把你沿路的收获打开来，预先摩挲一遍，否则如果你已倾了囊，那么你就走上须里桥去，倚着桥栏，俯看那满载着古愁并饱和着圣母祠的钟声的，赛纳河的悠悠的流水，然后在华灯初上之中闲步缓缓归去，倒也是一个经济而又有诗情的办法。

说到这里，我所说的都是赛纳河左岸的书摊，至于右岸的呢，虽则有从新桥到沙德莱场,从沙德莱场到市政厅附近这两段,可是因为传统的关系,因为所处的地位的关系,也因为货色的关系,它们都没有左岸的重要。只在走完了左岸的书摊尚有余兴的时候或从卢佛尔(Louvre)出来的时候,我才顺便去走走,虽然间有所获,如查拉的 *L'homme approximatif* 或卢梭(Henri Rousseau)的画集,但这是极其偶然的事;通常,我不是空手而归,便是被那街上的鱼虫花鸟店所吸引了过去。所以,原意去"访书"而结果买了一头红颈雀回来,也是有过的事。

/ 作品·散文 /

都德的一个故居 |

凡是读过阿尔封思·都德（Alphonse Daudet）的那些使人心醉的短篇小说和《小物件》的人，大概总记得他记叙儿时在里昂的生活的那几页吧。（按：《小物件》原名 *Le Petit Chose*，觉得还是译作《小东西》妥当。）

都德的家乡本来是尼麦，因为他父亲做生意失败了，才举家迁移到里昂去。他们之所以选了里昂，无疑因为它是法国第二大名城，对于重兴家业是很有希望的。所以，在一八四九年，那父亲万桑·都德（Vincent Daudet）便带着他的一家子，那就是说他的妻子，他的三个儿子，他的女儿阿娜，和那就是没有工钱也愿意跟着老东家的忠心的女仆阿奴，从尼麦搭船顺着罗纳河来到了里昂。这段路竟走了三天。在《小物件》中，我们可以看见他们到里昂时的情景。

在第三天傍晚，我以为我们要淋一阵雨了。天突然阴暗起来，一片浓浓的雾在河上飘舞着。在船头上，已点起了一盏大灯，真的：看到这些兆头，我着急起来了……在这个时候，有人在我旁边说："里昂到了！"同时，那个大钟敲了起来。这就是里昂。

里昂是多雾出名的，一年四季晴朗的日子少，阴霾的日子多，尤其是入冬以后差不多就终日在黑沉沉的冷雾里度生活，一开窗雾就往屋子里扑，一出门雾就朝鼻子里钻，使人好像要窒息似的。在《小物件》里，我们可以看到都德这样说：

> 我记得那罩着一层烟煤的天，从两条河上升起来的一片永恒的雾。天并不下雨它下着雾，而在一种软软的氛围气中，墙壁淌着眼泪，地上出着水，楼梯的扶手摸上去发黏。居民的神色，态度，语言，都觉得空气潮湿的意味。

一到了这个雾城之后，都德一家就住到拉封路去。这是一条狭小的路，离罗纳河不远，就在市政厅西面。我曾经花了不少的时间去找，问别人也不知道，说出是都德的故居也摇头。谁知竟是一条阴暗的陋巷，还是自己瞎撞撞到的。

那是一排很俗气的屋子，因为街道狭的缘故，里面暗是不用说，路是石块铺的高低不平，加之里昂那种天气，晴天也像下雨，一步一滑，走起来很吃劲。找到了那个门口，以为会"柳暗花明又一村"，却仍然是那股俗气：一扇死板板的门，虚掩的窗子上倒加了铁栅，黝黑的墙壁淌着泪水，像都德所说的一样，伸出手去摸门，居然是发黏的。这就是都德的一个故居！而他们竟在这里住了三年。

这就是《小物件》里所说的"偷油婆婆"（Babarotte）的屋子。所谓"偷油婆婆"者，是一种跟蟑螂类似的虫，大概出现在厨房里，而在这所屋里它们四处地爬。我们看都德怎样说吧：

> 在拉封路的那所屋子里，当那女仆阿奴安顿到她的厨房里的时候，一跨进门槛就发了一声急喊："偷油婆婆！偷油婆！"我们赶

过去。怎样的一种光景啊！厨房里满是那些坏虫子。在碗橱上，墙上，抽屉里，在壁炉架上，在食橱上，什么地方都有！我们不存心地踏死它们。噗！阿奴已经弄死了许多只了，可是她越是弄死它们，它们越是来。它们从洗碟盆的洞里来。我们把洞塞住了，可是第二天早上，它们又从别一个地方来了……

而现在这个"偷油婆婆"的屋子就在我面前了。

在这"偷油婆婆"的屋子里，都德一家六口，再加上一个女仆阿奴，从一八四九年一直住到一八五一年。在一八五一年的户口调查表上，我们看到都德的家况：

万桑·都德，业布匹印花，四十三岁；阿黛琳·雷诺，都德妻，四十四岁；葛奈思特·都德，学生，十四岁；阿尔封思·都德，学生，十一岁；阿娜·都德，幼女，三岁；昂利·都德，学生，十九岁。

昂利是要做教士的，他不久就到阿里克斯的神学校读书去了。他是早年就夭折了的。在《小物件》中，你们大概总还记得写这神学校生徒的死的那动人的一章吧"他死了，替他祷告吧。"

在那张户口调查表上，在都德家属以外，还有这么怕"偷油婆婆"的女仆阿奴："阿奈特·特兰盖，女仆，三十三岁。"

万桑·都德便在拉封路上又重理起他的旧业来，可是生活却很困难，不得不节衣缩食，用尽方法减省。阿尔封思被送到圣别尔代戴罗的唱歌学校去，葛奈思特在里昂中学里读书，不久阿尔封思也改进了这个学校。后来阿尔封思得到了奖学金，读得毕业，而那做哥哥的葛奈思特，却不得不因为家境困难的关系，辍学去帮助父亲挣那一份家。关于这些，《小物件》中自然没有，可是在葛奈思特·都德的一本回忆记《我的弟弟和我》中，却记载得很详细。

现在，我是来到这消磨了那《磨坊文札》的作者一部分的童年的所谓"偷油婆婆"的屋子前面了。门是虚掩着。我轻轻地叩了两下，没有人答应。我退后一步，抬起头来，向靠街的楼窗望上去：窗闭着，我看见静静的窗帷，白色的和淡青色的，而在大门上面和二层楼的窗下，我又看到了一块石头的牌子，它告诉我这位那么优秀的作家曾在这儿住过，像我所知道的一样。我又走上前面叩门，这一次是重一点了，但还是没有人答应。我伫立着，等待什么人出来。

我听到里面有轻微的脚步声慢慢地近来，一直到我的面前。虚掩着的门开了，但只是一半；从那里，探出了一个老妇人的皱瘪的脸儿来，先把我从头到脚打量了一番：

"先生，你找谁？"她然后这样问。

我告诉她我并不找什么人，却是想来参观一下一位小说家的旧居。那位小说家就是阿尔封思·都德，在八十多年前，曾在这里的四层楼上住过。

"什么，你来看一位在八十多年前住在这儿的人！"她怀疑地望着我。

"我的意思是说想看看这位小说家住过的地方。譬如说你老人家从前住在一个什么城里，现在经过这个城，去看看你从前住过的地方怎样了。我呢，我读过这位小说家的书，知道他在这里住过，顺便来看看，就是这个意思。"

"你说哪一个小说家？"

"阿尔封思·都德。"我说。

"不知道。你说他从前住在这里的四层楼上？"

"正是，我可以去看看吗？"

"这办不到，先生，"她断然地说，"那里有人住着，是盖奈先生。再说你也看不到什么，那是很普通的几间屋子。"

而正当我要开口的时候，她又打量了我一眼，说：

"对不起，先生，再见。"就缩进头去，把门关上了。

我踌躇了一会儿，又摸了一下发黏的门，望了一眼门顶上的石牌，想着里昂人的纪念这位大小说家只有这一片顽石，不觉有点怅惘，打算走了。

可是在这时候，天突然阴暗起来，我急速向南靠罗纳河那面走出这条路去：天并不下雨，它又在那里下雾了，而在罗纳河上，我看见一片浓浓的雾飘舞着，像在一八四九年那幼小的阿尔封思·都德初到里昂的时候一样。

山居杂缀

山风

窗外,隔着夜的帡幪,迷茫的山岚大概已把整个峰峦笼罩住了吧。冷冷的风从山上吹下来,带着潮湿,带着太阳的气味,或是带着几点从山涧中飞溅出来的水,来叩我的玻璃窗了。

敬礼啊,山风!我敞开窗门欢迎你,我敞开衣襟欢迎你。

抚过云的边缘,抚过崖边的小花,抚过有野兽躺过的岩石,抚过缄默的泥土,抚过歌唱的泉流,你现在来轻轻地抚我了。说啊,山风,你是否从我胸头感到了云的飘忽,花的寂寥,岩石的坚实,泥土的沉郁,泉流的活泼?你会不会说:这是一个奇异的生物!

雨

雨停止了,檐溜还是叮叮地响着,给梦拍着柔和的拍子,好像在江南的一只乌篷船中一样。"春水碧于天,画船听雨眠",韦庄的词句又浮到脑中来了。奇迹也许突然发生了吧,也许我已被魔法移到苕溪或是西湖的小船中了吧……

然而突然,香港的倾盆大雨又降下来了。

树

  路上的列树已斩伐尽了，疏疏朗朗地残留着可怜的树根。路显得宽阔了一点，短了一点，天和人的距离似乎更接近了。太阳直射到头顶上，雨直淋到身上……是的，我们需要阳光，但是我们也需要阴荫啊！早晨鸟雀的啁啾声没有了，傍晚舒徐的散步没有了。空虚的路，寂寞的路！

  离门前不远的地方，本来有一棵合欢树，去年秋天，我也还采过那长长的荚果给我的女儿玩的。它曾经娉婷地站立在那里，高高地张开它的青翠的华盖一般的叶子，寄托了我们的梦想，又给我们以清荫。而现在，我们却只能在虚空之中，在浮着云片的碧空的背景上，徒然地描画它的青翠之姿了。像现在这样的夏天的早晨，它的鲜绿的叶子和火红照眼的花，会给我们怎样的一种清新之感啊！它的浓荫之中藏着雏鸟小小的啼声，会给我们怎样的一种喜悦啊！想想吧，它的消失对于我们是怎样地可悲啊！

  抱着幼小的孩子，我又走到那棵合欢树的树根边来了。锯痕已由淡黄变成黝黑了，然而年轮却还是清清楚楚的，并没有给苔藓或是芝菌侵蚀去。我无聊地数着这一圈圈的年轮，四十二圈！正是我的年龄。它和我度过了同样的岁月，这可怜的合欢树！

  树啊，谁更不幸一点，是你呢，还是我？

失去的园子

　　跋涉的挂虑使我失去了眼界的辽阔和余暇的寄托。我的意思是说，自从我怕走漫漫的长途而移居到这中区的最高一条街以来，我便不再能天天望见大海，不再拥有一个小圃了。屋子后面是高楼，前面是更高的山；门临街路，一点隙地也没有。从此，我便对山面壁而居，而最使我怅惘的，特别是旧居中的那一片小小的园子，那一片由我亲手拓荒，耕耘，施肥，播种，灌溉，收获过的贫瘠的土地。那园子临着海，四周是苍翠的松树，每当耕倦了，抛下锄头，坐到松树下面去，迎着从远处渔帆上吹来的风，望着辽阔的海，就已经使人心醉了。何况它又按着季节，给我们以意外丰富的收获呢？

　　可是搬到这里来以后，一切都改变了。载在火车上和书籍一同搬来的耕具：锄头，铁耙，铲子，尖锄，除草耙，移植铲，灌溉壶等等，都冷落地被抛弃在天台上而且生了锈。这些可怜的东西！它们应该像我一样地寂寞吧。

　　好像是本能地，我不时想着："现在是种番茄的时候了"，或是"现在玉蜀黍可以收获了"，或是"要是我能从家乡弄到一点蚕豆种就好了！"我把这种思想告诉了妻，于是她就提议说："我们要不要像邻居那样，叫人挑泥到天台上去，在那里辟一个园地？"可是我立刻反对，因为天台是那么小，而且阳光也那么少，给四面的高楼遮住了。于是这计划打消了，而旧园的梦想却依旧继续着。

　　大概看到我常常为这样思想困恼着吧，妻在偷偷地活动着。于是，有一天，她高高兴兴地来对我说了:"你可以有一个真正的园子了。你不看见我们对邻有一片空地吗?他们人少,种不了许多地,我已和他们商量好,划一部分地给我们种,水也很方便。现在,你说什么时候开始吧。"

她一定以为会给我一个意外的喜悦的,可是我却含糊地应着,心里想:"那不是我的园地,我要我自己的园地。"可是,为了要不使妻太难堪,我期期地回答她:"你不是劝我不要太疲劳吗?你的话是对的,我需要休息。我们把这种地的计划打消了吧。"

记马德里的书市

无匹的散文家阿索林,曾经在一篇短文中,将法国的书店和西班牙的书店,作了一个比较。他说:

> 在法兰西,差不多一切书店都可以自由地进去,行人可以披览书籍而并不引起书贾的不安;书贾很明白,书籍的爱好者不必常常要购买,而他的走进书店去,也并不目的是为了买书;可是,在翻阅之下,偶然有一部书引起了他的兴趣,他就买了它去。在西班牙呢,那些书店都像神圣的圣体龛子那样严封密闭着,而一个陌生人走进书店里去,摩挲书籍,翻阅一会儿,然而又从来路而去这等的事,那简直是荒诞不经,闻所未闻的。

阿索林对于他本国书店的批评,未免过分严格一点。巴黎的书店也尽有严封密闭着,像右岸大街的一些书店那样,而马德里的书店之可以进出无人过问翻看随你的,却也不在少数。如果阿索林先生愿意,我是很可以举出这两地的书店的名称来作证的。

公正地说,法国的书贾对于顾客的心理研究得更深切一点。他们知道,常常来翻翻看看的人,临了总会买一两本回去的;如果这次不买,那么也许是因为他对于那本书的作者还陌生,也许他觉得那版本不够好,也许他身边没有带够钱，也许他根本只是到书店来消磨一刻空闲的时间。而对于这些人，最好的办法是不理不睬，由他去翻看一个饱。如果殷勤招待，问长问短，那就反而招致他们的麻烦，因而以后就不敢常常来了。

的确，我们走进一家书店去，并不像那些学期开始时抄好书单的学生一样，先有了成见要买什么书的。我们看看某个作家是不是有新书出版；我们看看那已在报上刊出广告来的某一本书，内容是否和书评符合；我们把某一部书的版本，和我们已有的同一部书的版本作一个比较；或仅仅是我们约了一位朋友在三点钟会面，而现在只是两点半。走进一家书店去，在我们就像别的人踏进一家咖啡店一样，其目的并不在喝一杯苦水也。因此我们最怕主人的殷勤。第一，他分散了你的注意力，使你不得不想出话去应付他；其次，他会使你警悟到一种歉意，觉得这样非买一部书不可。这样，你全部的闲情逸致就给他们一扫而尽了。你感到受人注意着，监视着，感到担着一重义务，负着一笔必须偿付的债了。

西班牙的书店之所以受阿索林的责备，其原因就是他们不明顾客的心理。他们大都是过分殷勤讨好。他们的态度是没有恶意的，然而对于顾客所发生的效果，却适得其反。记得一九三四年在马德里的时候，一天闲着没事，到最大的"爱斯巴沙加尔贝书店"去浏览，一进门就受到殷勤的店员招待，陪着走来走去，问长问短，介绍这部，推荐那部，不但不给一点空闲，连自由也没有了。自然不好意思不买，结果选购了一本廉价的奥尔德加伊加赛德的小书，满身不舒服地辞了出来。自此以后，就不敢再踏进门槛去了。

在"文艺复兴书店"也遇到类似的情形，可是那次却是硬着头皮一本也不买走出来的。而在马德里我买书最多的地方，却反而是对于主顾并不殷勤招待的圣倍拿陀大街的"迦尔西亚书店"，王子街的"倍尔特朗书店"，特别是"书市"。

"书市"是在农工商部对面的小路沿墙一带。从太阳门出发,经过加雷达思街沿着阿多恰街走过去,走到南火车站附近,在左面,我们碰到了那农工商部,而在这黑黝黝的建筑的对面小路口,我们就看到了几个黑墨写着的字:La Feria de los Libros,那意思就是"书市"。在往时,据说这传统的书市是在农工商部对面的那一条宽阔的林荫道上的,而我在马德里的时候,它却的确移到小路上去了。

这传统的书市是在每年的九月下旬开始,十月底结束的。在这些秋高气爽的日子,到书市中去漫走一下,寻寻,翻翻,看看那些古旧的书,褪了色的版画,各色各样的印刷品,大概也可以算是人生的一乐吧。书市的规模并不大,一列木板盖搭的,肮脏,零乱的小屋,一共有十来间。其中也有一两家兼卖古董的,但到底卖书的还是占着极大的多数。而使人更感到可喜的,便是我们可以随便翻看那些书而不必负起任何购买的义务。

新出版的诗文集和小说,是和羊皮或小牛皮封面的古本杂放在一起。当你看见圣女戴蕾沙的《居室》和共产主义诗人阿尔倍谛的诗集对立着,古代法典《七部》和《马德里卖淫业调查》并排着的时候,你一定会失笑吧。然而那迷人之处,却正存在于这种杂乱和漫不经心之处。把书籍分门别类,排列得整整齐齐,固然能叫人一目了然,但是这种安排却会使人望而却步,因为这样就使人不敢随便抽看,怕捣乱了人家固有的秩序;如果本来就是这样乱七八糟的,我们就百无禁忌了。再说,旧书店的妙处就在其杂乱,杂乱而后见繁复,繁复然后生趣味。如果你能够从这一大堆的混乱之中发现一部正是你踏破铁鞋无觅处的书来,那是怎样大的喜悦啊!

书价低廉是那里的最大的长处。书店要卖七个以至十个贝色达的新书,那里出两三个贝色达就可以携归了。寒斋的阿耶拉全集,阿索林,乌拿莫诺,巴罗哈,瓦利英克朗,米罗等现代作家的小说和散文集,洛尔迦,阿尔倍谛,季兰,沙里纳思等当代诗人的诗集,珍贵的小杂志,都是从那里陆续购得的。我现在也还记得那第三间小木舍的被人叫做华尼多大叔的须眉皆白的店主。我记得他,因为他的书籍的丰富,他的态度的和易,特别是因为那个坐在书城中,把青春的新鲜和故纸的古老成着奇特的对比的,张着青色忧悒的大眼睛望着远方的云树的,他的美丽的孙女儿。

我在马德里的大部分闲暇时间,甚至在革命发生,街头枪声四起,铁骑纵横的时候,也都是在那书市的故纸堆里消磨了的。在傍晚,听着南火车站的汽笛声,踏着疲倦的步子,臂间挟着厚厚的已绝版的赛哈道的《赛尔房德思辞典》或是薄薄的阿尔陀拉季雷的签字本诗集,慢慢地沿着灯光已明的阿多恰街,越过熙来攘往的太阳门广场,慢慢地踱回寓所去对灯披览,这种乐趣恐怕是很少有人能够领略的吧。

然而十月在不知不觉之中快流尽了。树叶子开始凋零,夹衣在风中也感到微寒了。马德里的残秋是忧郁的,有几天简直不想闲逛了。公寓生活是有趣的,和同寓的大学生聊聊天,和舞姬调调情,就很快地过了几天。接着,有一天你打叠起精神再踱到书市去,想看看有什么合意的书,或仅仅看看那青色的忧悒的大眼睛。可是出乎意料地,那些小木屋都已紧闭着门了。小路显得更宽敞一点,更清冷一点,南火车站的汽笛声显得更频繁而清晰一点。而在路上,凋零的残叶夹杂着纸片书页,给冷冷的风寂寞地吹了过来,又寂寞地吹了过去。

香港的旧书市

这里有生意经，也有神话。

香港人对于书的估价，往往是会使外方人吃惊的。明清善本书可以论斤称，而一部极平常的书却会被人视为稀世之珍。一位朋友告诉我，他的亲戚珍藏着一部《中华民国邮政地图》，待价而沽，须港币五千元（合国币四百万元）方肯出让。这等奇闻，恐怕只有在那个小岛上听得到吧。版本自然更谈不到，"明版康熙字典"一类的笑谈，在那里也是家常便饭了。

这样的一个地方，旧书市的性质自然和北平、上海、苏州、杭州、南京等地不同。不但是规模的大小而已，就连收买的方式和售出的对象，也都有很大的差别。那里卖旧书的仅是一些变相的地摊，沿街靠壁钉一两个木板架子，搭一个避风雨的遮棚，如此而已。收书是论斤断秤的，道林纸和报纸印的书每斤出价约港币一二毫而全张报纸的价钱却反而高一倍；有硬面书皮的洋装书更便宜一点，因为纸板"重秤"，中国纸的线装书，出到一毫一斤就是最高的价钱了。他们比较肯出价钱的倒是学校用的教科书，簿记学书，研究养鸡养兔的书等等，因为要这些书的人是非购不可的，所以他们也就肯以高价收入了。其次是医科和工科用书，为的是转运内地可以卖很高的价钱。此外便剩下"杂书"，只得卖给那些不大肯出钱的他们所谓"藏家"和"睇家"了。他们最大的主顾是小贩。这并不是说香港小贩最深知读书之"实惠"的人，在他们是无足重轻的。

旧书摊最多的是皇后大道中央戏院附近的楼梯街，现在共有五个摊子。从大道拾级上去，左手第一家是"龄记"，管摊的是一个十余岁的孩子（他父亲则在下面一点公厕旁边摆废纸摊），年纪最小，却懂得许多事。著《相对论》的是爱因斯坦，歌德是德国大文豪，他都头头是道。日寇占领香港后，这摊子收到了大批德日文学书，现在已卖得一本也不剩，又经过了一次失窃，现在已没有什么好东西了。隔壁是"焯记"，摊主是一个老是有礼貌的中年人，专卖中国铅印书，价钱可不便宜，不看也没有什么关系。他对面是"季记"，管摊的是姐妹二人。到底是女人，收书卖书都差点功夫。虽则有时能看顾客的眼色和态度见风使舵，可是索价总嫌"离谱"（粤语不合分寸）一点。从前还有一些四部丛刊零本，现在却单靠卖教科书和字帖了。"季记"隔壁本来还有"江培记"，因为生意不好，已把存货称给鸭巴甸街的"黄沛记"，摊位也顶给卖旧铜烂铁的了。上去一点，在摩罗街口，是"德信书店。"虽号称书店，却仍旧还是一个摊子。主持人是一对少年夫妇，书相当多，可是也相当贵。他以为是好书，就一分钱也不让价，反之，没有被他注意的书，讨价之廉竟会使人不相信。"格吕尼"版的波德莱尔的《恶之华》和韩波的《作品集》，两册只讨港币一元，希米式的《莎士比亚字典》会论斤称给你，这等事在我们看来，差不多有点近乎神话了。"德信书店"隔壁是"华记"。虽则摊号仍是"华记"，老板却已换过了。原来的老板是一家父母兄弟四人，在沦陷期中旧书全盛时代，他们在楼梯街竟拥有两个摊子之多。一个是现在这老地方，一个是在"焯记"隔壁，现在已变成旧衣摊了。因为来路稀少，顾客不多，他们便把滞销的书盘给了现在的管摊人，带着好销一些的书到广州去开店了，听说生意还不错呢。现在的"华记"已不如从前远甚，可是因为地利的关系（因为这是这条街第一个摊子，经荷里活道拿下旧书来卖的，第一先经过他的手，好的便宜的，他有选择的优先权），有时还有一点好东西。

在楼梯街,当你走到了"华记"的时候,书市便到了尽头。那时你便向左转,沿着荷里活道走两三百步,于是你便走到鸭巴甸街口。

鸭巴甸街的书摊名声还远不及楼梯街的大,规模也比较小一点,书类也比较新一点。可是那里的书,一般地说来,是比较便宜点。下坡左首第一家是"黄沛记",摊主是世业旧书的,所以对于木板书的知识,是比其余的丰富得多,可是对于西文书,就十分外行了。在各摊中,这是取价最廉的一个。他抱着薄利多销主义,所以虽在米珠薪桂的时期,虽则有八口之家,他还是每餐可以饮二两双蒸酒。可是近来他的摊子上也没有什么书,只剩下大批无人过问的日文书,和往日收下来的瓷器古董了。"黄沛记"对面是"董莹光",也是鸭巴甸街的一个老土地。可是人们却称呼他为"大光灯"。大光灯意思就是煤油打气灯。因为战前这个摊子除了卖旧书以外还出租煤油打气灯。那些"大光灯"现在已不存在了,而这雅号却留了下来。"大光灯"的书本来是不贵的,可是近来的索价却大大地"离谱"。据内中人说,因为有几次随便开了大价,居然有人照付了,他卖出味道来,以后就一味地上天讨价了。

从"董莹光"走下几步,开在一个店铺中的,是"萧建英"。如果你说他是书摊,他一定会跳起来,因为在楼梯街和鸭巴甸街这两条街上,他是唯一有店铺的——虽则是极其简陋的店铺。管店的是兄第二人。那做哥哥的人称之为"高佬",因为又高又瘦。他从前是送行情单的,路头很熟,现在也差不多整天不在店,却四面奔走着收书。实际上在做生意的是他的十四五岁的弟弟。虽则还是一个孩子,做生意的本领却比哥哥更好,抓定了一个价钱之后,你就莫想他让一步。所以你想便宜一点,还是和"高佬"相商。因为"高佬"收得勤,书摊是常常有新书的。可是,近几月以来,因为来源涸绝,不得不把店面的一半分租给另一个专卖翻版书的摊子了。

在现在的"萧建英"斜对面,战前还有一家"民生书店",是香港唯一专卖线装古书的书店，而且还代顾客装璜书籍号书根。工作不能算顶好，可是在香港却是独一无二的。不幸在香港沦陷后就关了门，现在，如果在香港想补裱古书，除了送到广州去以外就毫无办法了。

鸭巴甸街的书摊尽于此矣，香港的书市也就到了尽头了。此外，东碎西碎还有几家书摊，如中环街市旁以卖废纸为主的一家，西营盘兼卖教科书的"肥林"，跑马地黄泥甬道以租书为主的一家，可是绝少有可买的书，奉劝不必劳驾。再等而下之，那就是禧利街晚间的地道的地摊子了。

诗人梵乐希逝世

据七月二十日苏黎世转巴黎电,法国大诗人保禄·梵乐希已于二十日在巴黎逝世。

梵乐希和我们文艺界的关系,不能说是很浅。对于我国文学,梵乐希是一向关心着的。梁宗岱的法译本《陶渊明集》,盛成的法文小说《我的母亲》,都是由他作序而为西欧文艺界所推赏的;此外,雕刻家刘开渠,诗人戴望舒,翻译家陈占元等,也都做过梵乐希的座上之客。虽则我国梵乐希的作品翻译得很少,但是他对于我们文艺界一部分的影响,也是不可否认的。所以,当这位法国文坛的巨星陨堕的时候,来约略介绍他一下,想来也必为读者所接受的吧。

保禄·梵乐希于一八七一年十月三十日生于地中海岸的一个小城——赛特,母亲是意大利人。他的家庭后来迁到蒙柏列城,他便在那里进了中学,又攻读法律。在那个小城中,他认识了《阿弗诺第特》的作者别尔·路伊思,以及那在二十五年后使他一举成名的昂德莱·纪德。

在暑期,梵乐希常常到他母亲的故乡热拿亚去。从赛特山头遥望得见地中海的景色,热拿亚的邸宅和大厦,以及蒙柏列城的植物园等,在诗人的想象之中都留下了深深的印迹。

在一八九二年,他到巴黎去,在陆军部任职,后来又转到哈瓦斯通讯社去。在巴黎,他受到了当时大诗人马拉美的影响,变成了他的入室弟子,又分享到他的诗的秘密。他也到英国去旅行，而结识了名小说家乔治·米雷狄思和乔治·莫亚。

到这个时期为止，他曾在好些杂志上发表他的诗，结集成后来在一九二〇年才出版的《旧诗帖》集。他也写了《莱奥拿陀·达·文西方法导论》（一八九五）和《戴斯特先生宵谈》（一八九六）。接着，他就完全脱离了文坛，过着隐遁的生涯差不多有二十年之久。

在这二十年之中的他的活动，我们是知道得很少。我们所知道的，只是他放弃了诗而去研究数学和哲学，像笛卡德在他的炉边似的，他深思熟虑着思想、方法和表现的问题。他把大部分的警句、见解和断片都储积在他的手册上，长久之后才编成书出版。

在一九一三年，当他的朋友们怂恿他把早期的诗收成集子的时候，他最初拒绝但是终于答应了他们，而坐下来再从事写作；这样，他对于写诗又发生了一种新的乐趣。他花了四年工夫写成了那篇在一九一七年出版的献给纪德的名诗《青年的命运女神》。此诗一出，立刻受到了优秀的文人们的热烈欢迎。朋友们为他开朗诵会又写批评和赞颂文字；而从这个时候起，他所写的一切诗文，便在文艺市场中为人热烈地争购了。称颂，攻击和笔战替他做了极好的宣传，于是这个逃名垂二十年的诗人，便在一九二五年被选为法兰西国家学院的会员，继承了法朗士的席位了。正如一位传记家所说的一样："梵乐希先生的文学的成功，在法国文艺界差不多是一个唯一的事件。"

自《青年的命运女神》出版以后，梵乐希的诗便一首一首地发表出来。数目是那么少，但却都是费尽了推敲功夫精炼出来的。一九一七年的《晨曦》，一九二〇年的《短歌》和《海滨墓地》，一九二二年的《蛇》《女巫》，和《幻美集》，都只出了豪华版，印数甚少，只有藏书家和少数人弄得到手，而且在出版之后不久就绝版了的。一九二九年，哲学家阿兰评注本的《幻美集》出版，一九三〇年，普及本的《诗抄》和《诗文选》出版，梵乐希的作品始普及于大众。在同时，他出版了他的美丽的哲理散文诗《灵魂和舞蹈》（一九二一）和《欧巴里诺思或大匠》（一九二三），而他的论文和序文，也集成《杂文一集》（一九二四）和《杂文二集》（一九二九）。此外，他的《手册乙》（一九二四）、《爱米里·戴斯特太太》（一九二五）、《罗盘方位》（一九二六）、《罗盘方位别集》（一九二七）和《文学》（一九二九，有戴望舒中译本），也相继出版，他深藏的内蕴，始为世人所知。

梵乐希不仅在诗法上有最高的造就，他同样也是一位哲学家。从他的写诗为数甚少看来，正如他所自陈的一样，诗对于他与其说是一种文学活动，毋宁说是一种特殊的心灵态度。诗不仅是结构和建筑，而且还是一种思想方法和一种智识——是想观察自己的灵魂，是自鉴的镜子。要发现这事实，我们也不需要大批研究梵乐希的书或是一种对于他诗中的哲理的解释。他对于诗的信条，是早已在四十年前最初的论文中表达出来了，就是在那个时候，他也早已认为诗是哲学家的一种"消遣"和一种对于思索的帮助了。而他的这种态度，显然是和以抒情为主的诗论立于相对的地位的。在他的《达文西方法导论》中，梵乐希明白地说，诗第一是一种文艺的"工程"，诗人是"工程师"，语言是"机器"；他还说，诗并不是那所谓灵感的产物，却是一种"勉力""练习"和"游戏"的结果。这种诗的哲学，他在好几篇论文中都再三发挥过，特别是在论拉封丹的《阿陶尼思》和论爱伦坡的《欧雷加》的那几篇文章中。而在他的《答辞》之中，他甚至说，诗不但不可放纵情绪，却反而应该遏制而阻拦它。但是他的这种"诗法"，我们也不可过分地相信。在他自己的诗中，就有好几首好诗都是并不和他的理论相符的；矫枉过正，梵乐希也是不免的。

意识的对于本身和对于生活的觉醒，便是梵乐希大部分的诗的主题，例如《水仙辞断章》《女巫》《蛇之初稿》等等。诗的意识瞌睡着；诗人呢，像水仙一样，迷失在他的为己的沉想之中；智识和意识冲突着。诗试着调解这两者，并使他们和谐；它把暗黑带到光明中来，又使灵魂和可见的世界接触；它把阴影、轮廓和颜色给与梦，又从缥缈的憧憬中建造一个美的具体世界。它把建筑加到音乐上去。生活，本能和生命力，在梵乐希的象征——树，蛇，妇女——之中，摸索着它们的道路正如在柏格森的哲学中一样；而在这种"创造的演化"的终点，我们找到了安息和休止，结构和形式，语言和美，槟榔树的象征和古代的圆柱（见《槟榔树》及《圆柱之歌》）。

不愿迷失或沉湮于朦胧意识中，便是梵乐希的杰作《海滨墓地》的主旨。在这篇诗中，生与死，行动与梦，都互相冲突着，而终于被调和成法国前无古人的最隐秘而同时又最音乐性的诗。

人们说梵乐希的诗晦涩，这责任是应该由那些批评和注释者来担负，而不是应该归罪于梵乐希自己的。他相当少数的诗，都被沉没在无穷尽的注解之中，正如他的先师马拉美所遭遇到的一样。而正如马拉美一样，他的所谓晦涩都是由那些各执一词的批评者们而来的。正如他的一位传记家所讽刺地说的那样："如果从梵乐希先生的作品所引起的大批不同的文章看来，那么梵乐希先生的作品就是一个原子了。他自己也这样说：'人们所写的关于我的文章，至少比我自己所写的多一千倍。'"

关于那些反对他的批评者的意见，我们在这里也讨论不了那么多，例如《纯诗》的作者勃雷蒙说他是"强作诗人"，批评家路梭称他为"空虚的诗人"，而一般人又说他的诗产量贫乏等等；而但尼思·梭雷又攻击他以智识破坏灵感。其实梵乐希并没有否定灵感，只是他主张灵感须由智识统制而已。他说："第一句诗是上帝所赐的，第二句却要诗人自己去找出来。"在他的诗中，的确是有不少"迷人之句"使许多诗人们艳羡的；至于说到他的诗产量"贫乏"

呢，我们可以说，以少量诗而获得巨大的声名的，在法国诗坛也颇有先例，例如波特莱尔，马拉美和韩波就都如此。

这位罕有的诗人对于思想和情性的流露都操纵有度，而在他的《手册》《方法》《片断》和《罗盘方位》等书中的零零碎碎的哲学和道德的意见，我们是不能加以误解的。那些意见和他的信条是符合的，那就是：正如写诗一样，思索也是一种辛勤而苦心的方法；正如一句诗一样，一个思想也必须小心地推敲出来的。"就其本性说来，思想是没有风格的"，他这样说。即使思想是已经明确了的，但总还须经过推敲而陈述出来，而不可仅仅随便地录出来。梵乐希是一位在写作之前或在写作的当时，肯花工夫去思想的诗人。而他的批评性和客观性的方法，是带着一种新艺术的表记的。

然而，在说这话的时候，我们的意思并不就是排斥那一任自然流露，情绪突发的诗，如超自然主义那一派一样。梵乐希和超自然主义派，都各有其所长，也各有其所短，这是显然的事实。

梵乐希已逝世了，然而梵乐希在法国文学中所已树立了的纪念碑，将是不可磨灭的。

/ 作品·散文 /

《紫恋》译后记

高莱特女史,她的全名是西陀尼·迦宇丽爱儿·格劳第·高莱特(Sidonie-Gabrielle Claudine Colette)。她是现代法国著名的女小说家,戏剧家,新闻记者,杂志编辑及女优,法国人称之为"我们的伟大的高莱特"。她生于一八七三年正月二十八日(卒于一九五四年——编者),在堡根第的一个名叫圣苏佛的小城里。她是茹尔·约瑟及西陀尼·高莱特夫妇的女儿。

高莱特女史从小就爱读书,她在圣苏佛一个旧式小学校里读书的时候,曾遍读了左拉、梅里美、雨果、缪赛、都德等人的著作,但是对于那种孩子气十足的贝洛尔童话之类的书籍,她却不喜欢读。

一八九〇年,因为家庭经济关系,她跟着父母迁到邻城高里尼去。两年以后,高莱特女史与盎利·戈谛哀·维拉尔(Henri Gauthier Villars)结了婚。维拉尔比她年长十四岁,是一个音乐批评家,同时又是以维利(Willy)这个署名在巴黎负盛名的"礼拜六派"小说家。结婚之后,高莱特女史常常将她在学生时代的有趣味的故事讲给维利听,供他以小说材料,因此维利也常常觉得他的妻子也有着能够写小说的天才。

于是在一八九六年,当他们夫妇旅行了瑞士及法国回来之后,高莱特女史开始自己写小说了。在一九〇〇年,她的处女作《格劳第就学记》出版了。这部书是用维利这署名出版的,虽她取材于幼年时的学校生活,但并不是一种狭义的自传式的小说。这书出版以后,毁誉蜂起,但大家都一致地不相信是维利著的。

从此以后，高莱特女史跻上了法国的文坛。《巴黎少女》（一九〇一）、《持家的格劳第》（一九〇二）、《无辜之妻》（一九〇三）这一套连续性的小说次第地印行了，而书中自传性也逐渐地隐灭了。一九〇四年，她出版了一本清隽绝伦的小品《兽之谈话》，在这部书中，她泄露了深挚的对于动物的慈爱。

一九〇六年，她与维利离婚之后，曾经有一时在哑剧院中演过戏。但是在这种不安定的生活中，她还继续著作。从一九一〇年起，她每年有一部新著出版。

一九一〇年是高莱特女史的著作生活及私生活两方面的重要年份。在著作生活上，她这年出版了《核耐·恋爱的流浪女》，这是一个离婚了的妇人，一个女优的自叙。这是她第一部重要的著作，有许多人都以此书不得龚果尔奖金为可惜的。在私生活方面，则她在这年中与盎利·特·茹望耐尔（Henri de Juvenel），一个著名的政治家及外交家，结了婚。从此以后，在一九一三年，她出版了《核耐》的续编《再度被获》。

一九一三年到一九一九年这时期，是欧洲最活动最多事的时期，但也是高莱特女史最活动最多事的时期。她除了替《晨报》写许多短篇小说之外，同时还是一个别的报纸上的剧评家，一家书局的编辑，又在《斐迦洛》《明日》《时尚》这三家报馆中担任分栏主笔。在大战期中，她又曾当过看护，并且把她丈夫的财产捐助给一所在圣马洛附近的医院。

从一九一九年出版的《迷左》这部短短的小说开始，高莱特女史的倾向于一种极纤微的肉感的描写，格外显著而达到了纯熟的顶点了。一九二〇年出版了《紫恋〔原名《宝宝》（Chéri），注：男女间亲狎之称也〕，描写一个青春年纪的舞男（Gigolo）与一个初入老境的女人的恋爱纠纷。那女人自信有永远把那青年魅惑着的能力,而那青年虽然在与另外一个美貌的少女结婚之后,竟还禁抑不住他对于那个年纪长得可以做母亲的旧情妇的怀恋。于是在挣扎了种种心理及肉体的苦恼之后他决然舍弃了他的新娘,而重行投入他的旧情妇的怀里。然而,在一瞥见他的旧情妇未施脂粉以前的老态,一种从心底下生出来的厌恶遂不可遏止了。当那风韵犹存的妇人满心怀着的最后之胜利的欢喜尚未低落之前,一个因年老色衰而被弃的悲哀已兜上心来了。在这样的题材下,高莱特女史以她的极柔软的笔调写了这主角二人及其他关系人物的微妙的感觉、情绪与思想。在巴黎,不,差不多全个法国、全个欧洲,或者竟是全世界的读书界中,激动了一阵热烈的称赞。于是这本短短的小说一下子就销行了一百版以上。直到一九二六年,作者还为了履足读者的欲望起见,出版了《紫恋》的续编:《宝宝的结局》。

　　在法国并世作家中,高莱特女史是一个有名的文体家。她在著作的时候非常注意着她的文体。她曾说:"我从来没有很容易地写作过,我常常有许多地方要改之又改,删了一些,或是增加一些,在校对的时候,我还要有一些改动的。"又说:"我不能在脑子里组织我的文章,我必须在动手写的时候,一面写一面组织。"从这两句话中,我们可见这位被称为"有着文体的天才"的女作家对于她自己的作品是何等地重视,而我们即使从经过了译者的拙笔也还可以感觉得到的她那特殊纤美的风格,又是怎样的绝非得之于偶然啊!

(一九三四年七月译者记)

林泉居日记

　　这是戴望舒的一本日记，直行，毛笔书写，内封有"第三本"字样，无年份，记七、八、九三个月的事。从日记内容来看，当是一九四一年。其时戴望舒在香港，担任《星岛日报·星座》副刊编辑，家居薄扶林道的 WOOD BROOK，一般人称"木屋"，戴望舒自译为"林泉居"。作者夫人穆丽娟于一九四〇年冬至后已携女儿朵朵（咏素）回到上海。友人徐迟与夫人陈松、沈仲章暂寓作者家中。现根据手稿收入本书，标题为后加。

七月二十九日　晴

　　丽娟又给了我一个快乐：我今天又收到了她的一封信。她告诉我她收到我送她的生日蛋糕很高兴，朵朵也很快乐，一起点蜡烛吃蛋糕。我想象中看到了这一幕，而我也感到快乐了。信上其余的事，我大概已从陈松那儿知道了。

　　今天徐迟请他的朋友，来了许多人，把头都闹胀了。自然，什么事也没有做成。上午又向秋原预支了百元。是秋原垫出来的。

三十日　晴

　　上午龙龙来读法文。下午出去替丽娟买了一件衣料，价八元七角，预备放在衣箱中寄给她。又买了一本英文字典、五枝笔，也是给丽娟的。又买了两部西班牙文法，价六元，是预备给胡好读西班牙文用的。不知会不会偷鸡不着蚀把米？到报馆里去的时候，就把书送了给胡好，并约定自下月开始读。

晚间写信给丽娟，劝她搬到前楼去，不知她肯听否？明天可以领薪水，可以把她八月份的钱汇出，只是汇费高得可怕，前几天已对水拍谈过，叫他设法去免费汇吧。

药吃了也没有多大好处。我知道我的病源是什么。如果丽娟回来了，我会立刻健康的。

三十一日　下午雨

今天是月底，上午到报馆去领薪水，出来后便到兑换店换了六百元国币。五百元是给丽娟八月份用，一百元是还瑛姊的。中午水拍来吃饭，便把五百元交给他，因为他汇可以不出汇费。但是他对我说，现在行员汇款是有限制的，是否能汇出五百元还不知道，但也许可以托同事的名义去汇，现在去试试看，如果不能全汇，则把余数交给我。

今天是报馆上海人聚餐的日子，约好先到九龙城一个尼庵去游泳，然后到侯王庙对面去吃饭。午饭后就带了游泳具到报馆去，等人齐了一同去。可是天忽然大雨起来，下个不停，于是决定不去游泳了。五时雨霁，便会同出发，渡海到九龙，乘车赴侯王庙，可是一下公共汽车，天又下雨了。没有法子，只好冒雨走到侯王庙，弄得浑身都湿了。菜还不错，吃完已八时许，雨也停了。出来到深水埗吃雪糕，然后步行到深水埗码头回香港。在等船的时候，灵凤和光宇为了漫画协会的事口角起来，连周新也牵了进去，弄得大家都不开心。正宇和我为他们解劝。到了香港后，又和光宇弟兄和灵凤等四人在一家小店里饮冰，总算把一场误会说明白了。返家即睡。

八月一日　晴

早上报上看见香港政府冻结华人资金，并禁止汇款，看了急得不得了。不知丽娟的钱可以汇得出否？急急跑到水拍处去问，可是他却不在，再跑到上海银行去问停止汇款是否事实，上海汇款通否？银行却说暂时不收。这使我急得像热锅上的蚂蚁，真不知道怎样才好。回来想想，这种办法大概是行不通的，上海有多少人是靠着香港的汇款的，过几天一定有改变的办法出来。心也就放了下来。

下午到中华百货公司买了一套玩具，是一套小型的咖啡具，价三元九角五，预备装在箱中寄到上海去。她看见也许会高兴吧。她要我买点好东西给她玩，而我这穷爸爸却买了这点不值钱的东西（一套小火车要六十余元！），想了也感伤起来了。

昨夜又梦见了丽娟一次。不知什么道理，她总是穿着染血的新娘衣的。这是我的血，丽娟，把这件衣服脱下来吧！

八月二日　晴　晚间雨

早晨又到中国银行去找袁水拍。他说：一般的个人汇款，现在已可以汇了，可是数目很小，每月一千五百元国币，商业汇款还不汇，我交给他的五百元还没有汇出，大概至多汇出一部分。再过一两月给我回音。托人家办事，只好听人家说，催也没用。出来后到上海银行，再去问一问汇款的事。行中人说的话和水拍一样，可是汇费却高得惊人，每国币百元须汇费港币四元九角，即合国币三十余元。还只是平汇，这样说来，五百元的汇费就须一百五十一元，电汇就须一百八十元了，这如何是好！接着就叫旅行社到家中取箱子，可是他们却回答我说，现在箱子已不收了，这是什么道理呢？我说，你们大概弄错了吧，前几星期我也来问过，你们说可以寄的。他们却回答说，从前是可以的，现在却不收了。真是糟糕，什么都碰鼻子，闷然而返。

下午到邮局时收了丽娟的一封信，使我比较高兴了一点。信中附着一张照片，就是我在陈松那里看到过的那张，我居然也得到一张了！从报馆出来后，就去中华百货公司起了一个漂亮的镜框，放在案头。现在，我床头，墙上，五斗橱上，案头都有了丽娟和朵朵的照片了。我在照片的包围之中过度想象的幸福生活。幸福吗？我真不知道这是幸福还是苦痛！

一件事忘记了，从中国银行出来后，我到秋原处去转了转，因为他昨天叫徐迟带条子来叫我去一次，说有事和我谈。事情是这样的：天主堂需要一个临时的改稿子的人，略有报酬，他便介绍了我。我自然答应了下来，多点收入也好。事情说完了之后……就走了出来。

三日　雨

上午到天主堂去找师神父，从他那儿取了两部要改的稿子来。报酬是以字数计的，但不知如何算法，也不好意思问。晚间写信给丽娟，告诉她汇款的困难问题，以及箱子不能寄，关于汇款，我向她提出了一个办法，就是叫她每两月到香港来取款一次。但我想她一定不愿意，她一定以为我想骗她到香港来。

四日　晴

陆志庠对我说想吃酒，便约他今晚到家里来对酌。这几天，我感到难堪的苦闷也可以借酒来排遣一下。下午六时买了酒和罐头食品回来，陆志庠已在家等着了。接着就喝将起来。两人差不多把一大瓶五加皮喝完，他醉了，由徐迟送他回去。我仍旧很清醒，但却止不住自己的感情，大哭了一场，把一件衬衫也揩湿了。陈松阿四以为我真醉了，这倒也好，否则倒不好意思。

徐迟从水拍那里带了三百元来还我，说没有法子汇，其余的二百元呢，他无论如何给我汇出。这三百元如何办呢？到上海银行去，我身边的钱不够汇费。没有办法的时候，到十一二号领到稿费时电汇吧，汇费纵然大也只得硬着头皮汇了！

今天下午二时许，许地山突然去世了。他的身体是一向很好的，我前几天也还在路上碰到他，真是想不到！听说是心脏病，连医生也来不及请。这样死倒也好，比我活着受人世最大的苦好得多了。我那包小小的药还静静地藏着，恐怕总有那一天吧。

八月五日　晴

上午又写了一封信给丽娟，又把六七两月的日记寄了给她。我本来是想留着在几年之后才给她看的，但是想想这也许能帮助她使她更了解我一点，所以就寄了给她，不知她看了作何感想。两个月的生活思想等等，大致都记在那儿了，我是什么也不瞒她的，我为什么不使她知道我每日的生活呢？

中午许地山大殓，到他家里去吊唁了一次。大家都显着悲哀的神情，也为之不欢。世界上的人真奇怪，都以为死是可悲的，却不知生也许更为可悲。我从死里出来，我现在生着，唯有我对于这两者能作一个比较。

六日　晴

前些日子，胡好交了一本稿子给我，要我给他改。这是一个名叫白虹的舞女写的，写她如何出来当舞女的事。我不感兴趣，也没有工夫改，因此搁下来了。后来徐迟拿去看，说很好，又去给水拍看，也说好。今天他们二人联名写了一封信，要我交给胡好，转给那舞女，想找她谈谈。这真是怪事了。但我知道他们并不是对女人发生兴趣，他们是想知道她的生活，目的是为了写文章。我把信交给胡好,胡好说,那舞女已到重庆去了。这可使徐迟他们要失望了吧。

好几天没有收到丽娟的信了。又苦苦地想起她来,今夜又要失眠了。

七日　晴

昨天龙龙来读法文的时候对我说,她父亲说,大夏大学决定搬到香港来(一部分),要请我教国文。所以今天吃过饭之后,我便去找周尚,问问他到底如何情形。他说,大夏在香港先只开一班,大学一年级,没有法文,所以要请我教国文。可是薪水也不多,是按钟点计算的,每小时二元,每星期五小时,这就是说每月只有四十元,而且还要改卷子。这样看来,这个事情也没有什么好,我是否接受还不能一定,等将来再看吧。

今天阴历是闰六月十五,后天是丽娟再度生日,应该再打一个电报去祝贺她。

八日　晴

吃中饭的时候,徐迟带了一个袁水拍的条子来,说二百元还不能汇,但是他在上海有一点存款,可以划二百元给丽娟,他一面已写信给他在上海的朋友,一面叫我写信告诉丽娟。我收到条子后,就立刻写信给丽娟,告诉她取款的办法。

饭后去寄信的时候,使我意外高兴的,是收到了一封丽娟的信,告诉我她已搬到了中一村,朵朵生病,时彦生活改变,又叫我买二张马票。真是使人不安。朵朵到了上海后常常生病,而她在香港时却是十分康健的。我想还是让朵朵住到香港来好吧。时彦也很使我担忧。穆家的希望是寄在他身上,而现在他却像丽娟所说的"要变第二个时英了"!这十年之中,穆家这个好好的家庭会变成这个样子，真是使人意想不到的。财产上的窘急倒还是小事，名誉上的损失却更巨大。后一代的人，几乎没有一个例外，都过着向下的生活，先是时英时杰，现在是丽娟时彦，这难道是命运吗？岳母在世发神经时所说"鬼寻着"的话，也许不是无因的……关于时彦，我想一方面是环境的不好，另一方面丽娟的事也是使他受了刺激的。在上海的时候我就看见他为了丽娟的事而失眠。他想想一切都弄得这样了，好好做人的勇气自然也失去了。

但愿时彦和丽娟两个人都回头吧！他们是穆家唯一有点希望的人！

现在已二时，今天恐怕又要睡不好了。

九日 晴

早上九点钟光景，徐迟来叫醒了我，说陈松昨夜失窃了！她把一共五十元光景的钱分放在两个皮匣里，藏在抽斗中，可是忘记把抽斗锁上了。偷儿从窗中爬进来，把这钱取了去。时候一定是在半夜四时许，因为我在三时还没有睡着。后来沈仲章上来说，贼的确是四点钟光景来的。他听见狗叫声，马师奶也听见狗叫声而起来，看见一个人影子闪过。奇怪的是贼胆子竟如此大，奇怪的是徐迟夫妇会睡得这样熟，奇怪的是我住到这里这样长又没有失窃过，而陈松来了不久就被窃了。这也是命运吧。陈松很懊丧，因为她所有的钱都在那里了。徐迟去报了差馆。差馆派了人来问了一下。可是这钱是没有找回来的希望了。

今天打了一个贺电给丽娟，贺她今年再度的生日。

晚间马师奶请吃夜饭，有散缪尔等人。马师奶说，巴尔富约我们明天到他家里去吃茶。我又有好久没有看见他了，可是实在怕走那条山路。

十日　晴

　　今天是星期日，上午到报馆里去办了公，下午便空出来了。吃过午饭之后，我提议到浅水湾去游泳，因为陈松自从失了钱以来，整天愁着，这样可以忘掉。于是大家决意先到浅水湾，然后到巴尔富家去吃点心。决定了便立即动身到油麻地坐公共汽车去。在公共汽车上遇到了许多人，乔木、夏衍等等，他们也是去游泳的，便一起出发。浅水湾的水还是很脏，水面上满是树枝和树叶，可是我们仍然在那里玩了长久，因为熟人多的原故，连时光的过去也不觉得了。出水后已五时许，坐了一下后，即动身到巴尔富家去。

　　在走上山坡的时候，我忽然想起丽娟和朵朵来，去年或是前年的有一天下午，我们一同踏着这条路走上去过，其情景正像现在的徐迟夫妇和徐律一样。但是这幸福的时候离开我已那么远那么远了！在走上这山坡的时候，丽娟，你知道我是带着怎样的惆怅想着你啊！到了山顶的时候，巴尔富和马师奶已等了我们长久了，于是围坐下来饮茶吃点心，并随便闲谈，一直谈到天快晚的时候才下山来。下山来却坐不到公共汽车，每辆车子都是客满，没办法了，只好拔脚走，一直走到快到香港仔的时候，才拦到了一辆巴士，坐着回来。匆匆吃了夜饭就上床，因为实在疲倦极了。

十一日　晴

　　上午到报馆去领稿费，出来随即把丽娟的三百元交上海银行汇出去，恐怕她又等得很急了吧。汇费是十七元七角四分港币，真是太大了，上次汇五百元的时候，我觉得十七元余的汇费已太大，不料这次汇三百元都要十七元余。如果再加，如何能负担呢？

　　银行里出来后，又到跑马会去买了三张马票，两张是要寄给丽娟的，一张留着给自己。希望中奖吧！

　　上午屠金曾对我说，上海同人今天下午到丽池去游泳，叫我也去，所以下午也到报馆去，可是光宇、灵凤等又不想去了。屠氏兄弟、周新等以为他们失信，心中不太高兴，便仍旧拉着我去。在丽池游了三小时光景，我觉得已比从前游得进步一点了。在那里吃了点心回来。

十二日　晴

上午写信给丽娟，并把两张马票附寄给她。在信中，我把我收到她的信的那一天的思想告诉了她。……这个天真的人，我希望她一生都在天真之中！我要永远偏护她，不让她沾了恶名。她不了解我也好，我总照着我自己做，我深信是唯一能爱她而了解她，唯一为她的幸福打算的人，等她年纪再大一点的时候，等她从迷梦中清醒过来的时候，她总有一天会知道我的。

身边还余五十余元，交了三十五元给阿四，叫她明天把丽娟去沪时的当赎出来。

十三日　晴

早上阿四把丽娟所典质的东西取了回来，一个翡翠佩针，一个美金和朵朵的一个戒指。见物思人，我又坠入梦想中了。这两个我一生最宝爱的人，我什么时候能够再看见她们啊！在想到无可奈何的时候，我的心总感到像被抓一样地收紧起来。想她们而不能看见她们，拥她们在怀里，这是多么痛苦的事啊！我总得设法到上海去看她们一次，就是冒什么大的危险也是甘愿的！现在还有什么东西使我害怕呢？死亡也经过了，比死更难受的生活也天天过着。我一定得设法去看她们。

晚间到文化协会去讲小说研究，因为是七点半开始的，所以没有吃饭，九时许回家的时候，袁水拍在这里，便和他以及徐迟夫妇到大公司去，他们吃茶我吃饭，回来不久就睡。

十四日　晴

徐迟这人真莫名其妙，对陈松一会儿好，一会儿坏，对朋友也是这样。现在，他自己觉得是前进了，脾气也越来越古怪了。我看到他一张纸，写着说，以后要只和"朋友"来往，即日设法搬到朋友附近去住。所谓"朋友"是指那些所谓"前进的人，即夏衍，郁风，乔木，水拍等。如果他要搬，我也决不留他，反正他们住在这里我也便宜不了多少。他们管饭以来，菜总是不够吃的。丽娟，你什么时候能够回来啊！

饭间复陆侃如夫妇和吴晓铃的信，又把他们在《俗文学》的稿费寄给他们。

十五日　晴

上午到邮政局去，出于意料地，收到了丽娟在本月七日所发的信。我以前写信请她搬到前楼去，她回信却说宁可省一点钱，将就住在亭子间里。其实这点钱何必省呢？也许因住得不好而生病，反而多花钱。再说，我已答应多的房钱由我来出的。她说她身体不好，轻了六磅，这也是使我不安心的，我真希望她能回到香港来，让我可以好好地服侍她，为她调理。她劝我不要到上海去，看看照片也是一样。唉，哪里能够一样！信上有一句话使我很以为惊喜，即就是她说"也许我过了几天已在香港也说不定"。也许真会有这样的事吧！于是我想到她没有入口证，上海也不能领，就是要来也来不成的，于是在抽斗里找出了她的两张照片，饭后去讨了领证纸填好了又去找胡好作保，然后送到旅行社请他们去代领。这次是领的两年的，七元，这样可以用得时间长一点。旅行社说现在领证颇多困难，能否领得犹未可知。出来的时候，颇有点担心，可是总不至于会有什么大困难吧。

出了旅行社又回报馆去，因为今天是十五，是报馆上海同人茶叙的日子。今天约在丽池，既可以饮茶，又可以游泳。发好稿子后，便和他们一同出发去。游泳的仅有周新，屠金曾，糜文焕和我四人，其余的都坐着吃茶点看看。在那里玩了三时光景，然后回家来。今日领薪。

十六日　晴

昨天收到了丽娟那封信，高兴了一整天，今天也还是高兴着。丽娟到底是一个有一颗那么好的心的人。在她的信上，她是那么体贴我，她处处都为我着想，谁说她不是爱着我呢？一切都是我自己不好，都是我以前没有充分地爱她或不如说没有把我对于她的爱充分地表示出来。也许她的一切行为都是对我的试验，试验我是否真爱她，而当她认为我的确是如我向她表示的那样，她就会回来了（但是我所表示的只是小小的一部分罢了，我对于她感情深到怎样一种程度，是怎样也不能完全表示的）。正像她是注定应该幸福的一样。我的将来也一定是幸福的，我只要耐心一点等着就是了。这样，我为什么常常要想起那种暗黑的思想呢？这样，在我毁灭自己的时候，我不是犯了大错误吗？我为什么要藏着那包药？这样一想，我对于那包药感到了恐怖，好像它会跳进我口中来似的，好像我会在糊涂时吞下它去似的，我立刻把这包小小的东西投在便桶中，把它消灭了，好像消灭了一个要陷害我的人一样。而这样心理十分舒泰起来。是的，我将是幸福的，我只要等着就是了。

心里虽则高兴，却又想起丽娟在上海一定很寂寞。我怎样能解她的寂寞呢？叫别人去陪她玩，总要看别人的高兴。周黎庵处我已写了好几封信去，瑛姊、陈慧华等处也曾写了信去，不知她们会不会常常去找找她，以解她的寂寞呢？咳，只要我能在上海就好了。

十七日　晴

晚间写信复丽娟，并把赎当等事告诉她。她来信要我写信给周黎庵，要他教书所以我又写了一封信给黎庵。不过报酬如何算呢？我们已麻烦他的太多了，这次不能再去花他许多时间。可是信上也不能如何说，还是让丽娟自己去探听他一声吧。

我平常总是五点钟回家后就工作着的，每逢星期六、日，徐迟夫妇要出去的时候，我总感到一种无名的寂寞之感。今天又是星期日，可是吃完晚饭，天忽然下起雨来。这样，徐迟夫妇不出去了，我也能安心地工作、写信了。

今天去付了房租。又把母亲的六十元封好了，准备明天去寄。

下午遇见正宇，说翁瑞午要回上海去。现在忽然想起，给丽娟的衣料等物何不请他带去？他可以交给孙大雨，由丽娟去拿。明日去找他，托托他吧。

十八日　晴

下午带了一包要带到上海去的东西去找翁瑞午，可是他已经出去了。便把东西留在那儿，并托正宇太太对瑞午说一声。我想他总答应带的吧。好在东西不多，占不了多少地方。

晚间马师奶请她的三个女学生吃饭，叫沈仲章，何迅和我三人做陪客。一个是姓何的，名叫 Geitunde，两个姓余的，是姊妹，一叫 Maguatt，一忘掉。三个人话很多，说个不停，一直说到十一点光景才走。姓何的约我们大家在下下星期日到赤柱去钓鱼野宴并游水，她在赤柱有一个游泳棚，可以消磨一整天。

十九日　晴

一吃完中饭就去找翁瑞午，他正在午睡。醒来后，他对我说，他明天就要去上海了，东西可以代为带去，这使我放了一个心。我请他把东西放在大雨家里，让丽娟去拿。然后道谢而出，回家写信告诉丽娟。

从报馆回来的时候，在邮局中取到一封丽娟的信。那是八月十一日发的，还没有收到我的钱，可是却收到了我的日记。我之寄日记把她看，是为了她可以更充分一点地了解我，不想她反而对我生气了。早知如此，我何必让她看呢？她说她的寂寞我是从来也没有想到过，这其实是不然的。我现在哪一天不想到她，哪一个时辰不想到她。倒是她没有想到我是如何寂寞，如何悲哀。我所去的地方都是因为有事情去的，我哪里有心思玩。就是存心去解解闷也反而更引起想她。而她却不想到我。

她来信说周黎庵已经在教她读书了。这很好。我前天刚写出了给黎庵的信，不知现在报酬如何算法？丽娟信上说，书已上了几天，但她已吃不消了。她是不大有长性的，希望她这次能好好地读吧。

二十日　晴

今天是文化协会上课的日子，我还一点也没有预先预备，一直等下午报馆回来后才临时预备了一下。上课的时候，居然给我敷衍了两小时。上完了课，已九时半，肚子饿得要命，一个人到加拿大去吃了一顿西餐，一瓶啤酒。吃过饭坐三号A，一直坐到摩星岭下车，然后一个人慢慢地踱回家来。这孤独的散步不但不能给我一点乐趣，反而使我格外苦痛。没有月亮的黑黝黝的天，使我想起了那可怕的梦，想起了许多可怕的事。我想到梁蕙在西贡给日本人杀害了（这是我第一次想起她），想到我睡在墓穴里，想到丽娟穿着染血的嫁衣。……一直到回家后才心定一点。

二十一日　晴

从报馆回来的时候，又收到了一封丽娟的信，告诉我电汇的三百元已收到了，但是水拍划的那二百元却没有提起，我想不久总会收到的吧。

她说她也赞成一月来港取钱一次的办法，但是她却很害怕旅行。她说她也许今年年底或明年年初能到香港来一次。这是多么可喜的消息啊！丽娟，我是多么盼望你到香港来。我哪里会强留你住？虽则我是多么愿意永远和你在一起，但是如果这是你所不愿意，我是一定顺你的意去做的。……这一点你难道到现在也还不明白啊？

她叫我把箱子在八月底九月初带到上海去，可是陶亢德、沈仲章现在都不走，托谁带去好呢？小东西倒还可以能转辗托人，这样大的箱子别人哪里肯带呢？

二十二日　晴

下午中国旅行社打电话来，说丽娟的二年入口证已领到了，便即去拿来。

这几天真忙极了，除了天主教的《耶稣传》，《星座》上的长篇外，还要赶天主堂托我改的稿子，弄得一点空儿也没有，连丽娟的信也没有回，真是要命。今天的日记也只得寥寥几行了。

二十三日　雨

下午灵凤找我吃茶，拿出新总编辑给他的信来给我看。那是一封解职的信，叫他编到本月底，就不必编下去了。陈沧波来时灵凤是最起劲招待的，而且又有潘公展给他在陈沧波面前打招呼的信，想不到竟会拿他来开刀。他要我到胡好那儿去讲我答应了，立刻就去，可是胡好不在。于是约好明天早晨和光宇一起再去找他。

今天徐迟在漫协开留声机片音乐会，并有朗诵诗。我本来就不想去，刚好马师奶来请吃夜饭，便下楼去了。客人是勃脱兰和山缪儿。谈至十一时，上楼改译稿。睡已二时。

二十四日 阴

叶灵凤昨天约我今天早晨到他家里，会同了光宇一同到报馆里去找胡好，所以我今天很早就起来，谁知到了灵凤家里，灵凤还没有起身，等他以及光宇都起来一起到报馆的时候，已经快十一点钟了。我和光宇先去找胡好。胡好在那里，说到灵凤的事的时候，胡好说陈沧波说灵凤懒，而且常常弄错，所以调他。但是胡好说，他并不是要开除他，只是调编别一栏而已。这是陈沧波和胡好不同之处。这里等到一个答复后，便去告诉灵凤，他也安心了。可是陈沧波的这种行为，却激起了馆中同事的公愤。他的目的，无非是要用私人而已。恐怕他自己也不会长久了吧。

下午很早就回来，发现抽斗被人翻过了。原来是陈松翻的。我问她找什么，她不说，只是叫我走开，让她翻过了再告诉我，我便让她去翻，因为除了梁蕙的那三封信以外，可以算作秘密的东西就没有了。我当时忽然想到，也许她收到了丽娟的信，在查那一包药吧。可是这包药早已在好几天之前丢在便桶里了。等她查完了而一无所获的时候，我盘问了她许久她才说出来，果然是奉命搜查那包药的。我对她说已经丢了，不知道她相信否？她好像是丽娟派来的监督人，好在我事无不可对人言，也没有什么对不起人的地方，随便她怎样去对丽娟说是了。

晚间灵凤请吃饭，没有几样菜，人倒请了十二个，像抢野羹饭似的吃了一顿回来。又赶校天主堂的稿子。

二十五日 雨

午饭后把校好的稿子送到天主堂去，可是出于意外地，只收到了十元的报酬，而我却是花了五个晚上工夫，真是太不值得了。下次一定不干了。

报馆里回来的时候，陈松对我说，想请我教法文。我真不知道她读了法文有什么用处，可是我也不便把这意思说出来。丽娟曾劝我要把脾气改得和气一点，所以我虽则已没有什么时间了，却终于硬着头皮答应下来，而且即日起教她。龙龙每星期要白花我三小时光景，而现在她又每天要白花我半小时，这样下去，我的时间要给人白花完了！陈松相当地笨，发音老教不好，丽娟要比她聪明得多呢。

二十六日　雨

今天感到十分地疲劳，头又胀痛得很，晚饭后写信给丽娟，并把入口证寄给她。现在，我感到剧烈的头痛，连日记也不想多写了。

二十七日　晴

今天头痛已好了一点，但是仍感疲倦。大约是这几天工作的时间太多了吧。为此之故，我上午一点事也没有做，可以得到一点休息。但是实际上这一点点的休息又有什么用呢？

徐迟回来午饭的时候带了一封秋原的信来，附着一张法文的合同。这是全增嘏的一个律师朋友托译的，说愿意出一点报酬。我想赚一点外快也好，在夜饭后就试着译。可是这东西不容易译，花了许多时间只译了一点点，而头却又痛起来，就决计不去译它，请徐迟带还秋原去。

收到大雨的信，要我代寄一封信给重庆任泰，可是信是分三封寄来的，要等三封齐了之后才可以代他寄出去。

今天又到文化协会去讲了一小时许诗歌。

二十八日　晴

中饭菜不够吃，我饭吃得很少，到报馆办公完毕，肚子饿得厉害，便一个人到美利坚去吃点心，快吃完的时候，报馆的同事贾纳夫跑到我座位上来，原来他在我后面，我起先没有看见。他便和我闲谈起叶灵凤的事来。后来，他忽然对我说，他最近有一个朋友经过香港回上海去，是丽娟的朋友，在我这次到上海去时和我见过，这次本来想来找我，可是因为时间匆促，所以没有来。这真奇怪极了！我在上海除了极熟的朋友外，简直就一个人也没有遇到过。更奇怪的是贾纳夫说这些话时候的态度，吞吞吐吐地好像有什么秘密在里面似的，好像带着一点嘲笑口吻似的。我立刻疑心到，这人也许就是姓×的那个家伙吧。他到内地去鬼混了一次，口称是为了她去吃苦谋自立，可是终于女人包厌了，趣味也没有了，以为家里可以原谅他仍旧给他钱用，便又回到上海去。我猜这一定是他，又不知他在贾纳夫面前夸了什么口怎样污辱了她的名誉。我便立刻问贾纳夫这人叫什么名字，他又吞吞吐吐了半天，才说是姓梁叫月什么的（显然是临时造出来的）。我说我不认识这个人，也没有见过这个人。他强笑着说，也许你忘记了。这样说着，推说报馆里还有事，他就匆匆地走了。

这真使我生气！……我真不相信这人会真真爱过什么人。这种丑恶习惯中养成的人，这种连读书也读不好的人，这种不习上进单靠祖宗吃饭的人，他有资格爱任何女人吗？他会有诚意爱任何女人吗？他自己所招认的事就是一个明证。他可以对一个女人说，我从前过着荒唐的生活，但是那是因为我没有碰到一个爱我而我又爱她的女人，现在呢，我已找到我灵魂的寄托，我做人也要完全改变了。有经验的女人自然不会相信这种鬼话，但是老实的女人都会受了他的欺骗，心里想：这真是一个多情的人，他一切的荒唐生活都是可以原谅的，第一，因为他没有遇到一个真心爱他的人，其次，他是要改悔成为一个好人，真心地永远地爱着我，而和我过着幸福的生活了。真是多么傻的女人！她不知道这类似的话已对别的女人不知说过多少遍了！如果他那一天吃茶出来碰到的是另一个傻女人，他也就对那另一个傻女人说了！女人真是脆弱易欺的。几句温柔的话，一点虚爱的表示，一点陪买东西的耐心，几套小戏法，几元请客送礼的钱，几句对于容貌服饰的赞词，一套自我牺牲与别人不了解等的老套，一篇忏悔词，如此而已。而老实的女人就心鼓胀起来了，以为被人真心地爱着而真心地去爱他了。这一切，这就叫爱吗？这是对于"爱"这一个字的侮辱。如果这样是叫做爱，我宁可说我没有爱过。

二十九日　晴

下午到报馆去的时候，屠金曾对我说，陈沧波已带了一个编"中国与世界"栏的人来，又不要灵凤发稿了。我以为灵凤的事已结束了，谁知道还是有花样。问题是如此：要看灵凤自己意思如何，如果他可以放弃这一栏而编其他栏，那么就让开，反正胡好已答应不停他的职。如果他决定要编"中国与世界"栏呢，我们也可以硬做。于是便和馆中上海人一齐到中华阁仔去谈论这事。灵凤的主见没有一定，又想仍编这一栏，又怕闹起来位置不保。于是决定今天由他自己再和胡好去相商一次，然后再作计较。

饮茶出来，在邮局中收到了丽娟十九日写的信，说水拍划的二百元已收到了。她这封信好像是在发脾气的时候写的。我不知道她为什么又生气，难道我前次信上说让朵朵到香港来，她听了不高兴了吗？她也是很爱朵朵的，她不知道朵朵在港身体可以好一点，读书问题也可以解决了吗？

三十日　晴

小丁来吃中饭。他刚从仰光回来不久，所以我约他再来吃夜饭谈谈。我叫阿四买一只鸡，又买牛肉，徐迟买酒及点心，他自己也带一样菜来。这样一凑，菜酒就不错了。他七时就来，先吃茶点，然后饮酒吃饭，谈谈说说，讲讲笑话，也是乐事，所可惜者，丽娟不在耳。饭后余兴未尽，由小丁请我们到大公司饮冰，十二时许始返。

三十一日 晴

早上睡得正好，沈仲章来唤醒了我。原来今天是何姑娘约定到赤柱去钓鱼的日子，我却早已忘记了。匆匆洗脸早餐毕，马师奶何迅已等了长久了。便一起出发到何家去。何家相当富丽堂皇，原来她是何东的侄女。到了那里，她也等了长久了。余家姊妹不在，说是直接到赤柱了，却另加了赵氏姊妹二人，都是何的表姊。一行七人到码头乘公共汽车去赤柱，何虽则已带了大批食物，沿途又还买了水果等物。到了赤柱，就到她家的游水棚，不久玛格莱特·何也来了，可是她姊姊却没有来于。是除了仲章和马师奶外，大家都下去游水。在这些人之中，我是游得最坏，而且海边石子太多，把我的脚也割破了，浸了一会儿，就独自上岸来和马师奶闲谈。等他们上来，就一同冷餐。冷餐甚丰。饭后躺在榻上小睡一会儿，又下海去游了一下，这时她们坐着小船去叫钓鱼船，叫来后，大家一齐上船。唯有何、余和何迅三人不坐船，跟着船游出去，游了一里多路。船到海中停下来，吃了点心然后钓鱼。钓鱼不用竿子，只用一根线，以虾为饵。起初我钓不着，后来却接连钓到了三条，仲章钓到了一条河豚鱼，因为有毒，弄死了丢下水去。差不多大家都钓到，一共有二十几条，各种各类都有，可惜都不大。其间我曾跳到水中去游了几分钟。那地方水深五十余尺，可是他们都是游水好手，又有船去，所以我敢跳下去，可是一跳下去就怕起来，所以不久就上来了。马师奶也跳下去的，我以为她是不会游的，哪知她游得很好。八时许才回到游水棚，天已黑了。我因为报馆要聚餐，所以不在棚中晚饭独自先行，可是脱了九点一刻的公共汽车，而且也赶不及聚餐了（在九龙桂园），只好再回游水棚去吃饭。饭后在沙滩上星光下闲谈，余小姐老提出傻问题来问我，如写诗灵感哪里来的之类。乘末班车归，即睡。整天虚度了！

九月一日　晴

馆中遇屠金曾，说昨日叙餐未到者，除我外尚有光宇兄弟二人，大众决议，要双倍罚款。

馆中出来在邮局收到丽娟八月二十五日写的信。告诉我朵朵病已好了，胖了点，她自己也重了三磅，这使我多么高兴而安慰。她告诉我国文已不再读了，只读英文。这真太没长性了。读英文没有什么大用处，黎庵也不见得教得好，还是仍旧读国文的好。她的国文程度，从写信上看来，已有了一点进步，写字也写得好一点，有了这样的根基，再用一点功一定会大有进步的。读英文她却很少有希望，根底实在太差了。要能够看看普通的书并说几句，恐非三五年不行，她哪里会有这样的耐心呢。

二日　晴

上午写信复丽娟，并问她认不认识贾纳夫所说的那个姓梁的人。看她如何回答我吧。到邮局去寄信的时候，看见有人在用挂号信封保险寄钱到上海，便问局中人是否可寄。局中人说香港可以，上海方面不很清楚。便又去问柳存仁，存仁说，听说上海限一千五百元，到底如何不大清楚，至多退回来，不会收没的。这样，我决计将这月的钱用挂号寄去了，可以省许多汇费，明天向报馆去预支薪水吧。（昨夜梦丽娟。）

三日　晴

上午从报馆中借了六十元薪金，预备凑起现在所有的一起寄给丽娟，房金用稿费付。这样就没有问题了。

下午收到了蛰存的信。他很关心我的事。他只听得我和丽娟有裂痕的话,以为她现在得到了遗产,迷恋上海繁华(如果他知道真情,他不知要作何感想呢?)。他劝我早点叫她回来,或索性放弃了。别人都这样劝我,他也如此。……我也不是不明白这种道理,但是我却爱她,我知道她在世界上是孤苦伶仃,没有一个真心对她的人。对于我,对于她这两方面说,我不能让她离开我;再说,还有我们的朵朵呢?说起朵朵,我又想到了她的教育问题。今天午饭的时候,徐迟陈松商量把徐律送到圣司提反幼稚园去,我想到朵朵在上海过寂寞的生活,不能受教育,觉得很感伤……

晚饭后去文化协会讲诗歌,回来后和沈仲章陈松出去吃宵夜。

四日　晴

上午去换了六百元国币,合港币一百〇二元。回来写信给她,告诉她钱明天寄出。我又向她提议,请她最好能回香港来。如果她能来,我当每月至少给她百元零用。其实,如果她能回来,我有什么不愿意给她呢?我有什么事不愿为她做呢?又收黎庵信,云或将即来香港。

张君干约我下午去游泳,便和他一同到丽池去。在那里游泳,谈心并在海里划船。出来已八时许,他请我在新世界吃饭,又请我到皇后看电影,返已十二时许。

五日　晴

上午写信给丽娟,告诉她六百元分二封保险信寄,叫她收到与否均打电报给。我可是下午到邮局去寄的时候,出乎我意外的,邮局说国币不收了,说是刚从昨天起收到上海邮局的通知才这样办的。我很懊丧,但也庆幸着,因为这金钱如果昨天寄了,丽娟是一定收不到了。就在邮局中把上午写的信上加了几句,说钱改明天寄出,寄港币百元,因为港币是可以寄的。当即将钱又换港币。

晚饭后去访亢德和林憾庐。在他们那儿坐了一时光景。亢德说月底光景回上海去,我就说想托他带箱子,可是他不大愿意,我也就不说下去了。臧庐送了我一部《战地钟声》。回来后又写信给丽娟,告诉她寄港币百元,这几天在报馆中听到上海将被封锁的消息,便在信上告诉了她,劝她早点来港,以免受难。

六日　晴

一早就去寄保险信,谁知今天是公共假期,寄不出,明天又是星期日,只得等到星期一。丽娟收到这笔钱,一定将在二十号左右了,奈何!

下午复了蛰存的信,请他多写文稿来。关于丽娟的事,我对他说我不愿多说(因为他问我详情如何),以及我相信她会回来的。

陈松法文进步了不少,只是读音读不好,照这样学下去四个月可以说法文了。龙龙甚懒,教了从不读,我也不太高兴教她了。

七日　晴

报馆出来后,在拨佳门口看看皮鞋,因为我的白皮鞋已有点破,而且也将不能穿了,先看一看,将来可以买,不意陈福愉正买了皮鞋出来,便拉我去他所住的思豪酒店去闲谈。他已进了星岛,所谈无非星岛的事。出来即乘车返,可是在车上遇到灵凤一家老小,他们是到大公司去饮冰的,邀我同去,便跟着他们一同去,饮冰后即返家工作。

八日　晴

　　一早就到邮政局把丽娟八月份的港币一百元保险寄出，心里舒服了不少，可是她收到一定要在二十号光景了。她一定要着急好几天了。为什么要让她着急呢，想着想着，我又不安起来了。以后还是多花一点汇费电汇给她吧。

　　从报馆里回来的时候，在邮箱里收到丽娟的九月一日发的信。她告诉我带去的衣料已收到，可惜今年已不能穿了。她说那件衣料她很喜欢。只要她能喜欢，我心里就高兴了。她叫我买两件呢衣料，当时我就到各衣料店陈列窗去看，可是因为香港天气还热，秋天的衣料还没有陈列出来，只得空手回来。回来时徐迟夫妇已去吃马国亮双胞胎的满月酒去了，想到丽娟信上叫我吃得好一点，趁他们出去吃饭，便吩咐阿四杀了一只鸡，一个人大吃一顿。说来也可笑，这算是听丽娟的话吧。

九日　晴

　　上午复了丽娟的信。报馆回来之后，忽然想起，我为什么不自己出版一点书赚钱呢？我有许多存稿可以出版，例如《苏联文学史话》，例如《西班牙抗战谣曲选》都是可以卖钱的，为什么不自己来出版呢？至少，稿费是赚得出来的，或再退一步说，印刷成本总不会蚀去。所麻烦的只是发行问题。于是吃过夜饭后，便去找盛舜商量。他现在做大众生活社的经理，发行是有办法的。他一口答应给我发行，而且说一千本是毫无问题的，便很高兴地回来。现在，问题是在一笔印刷费。可是这也不成问题，星马可以欠账印。从明天起，我该把文学史话的稿子加以整理了。

十日　晴

　　今天从早晨九时起，一直到晚间二时止，整天地把《苏联文学史话》用原文校译着，只有在下午到报馆里去了一次。

报馆里出来的时候，我去配了一副眼镜，因为原来的一副已不够深，而且太小了。一共是九元，付了五元定洋，后天就可以取了。

十一日　晴

上午仍旧校读《史话》，校到下午三时，校毕。到报馆去的时候，就把稿子交给印刷部排。现在，这部稿子还缺两个附录。找到时再补排就是了。

我的还有一部可卖钱的稿子《西班牙抗战谣曲选》是在刘火子那里。可是他的微光出版部现在既已不办，我便可以向他索回来了。当时我曾支过版税国币一百元合到港币也无几，将来可以还他的。问题是在于他现在肯不肯先把稿子还我。工毕之后，我便打电话约他到中华阁仔饮茶，和他商量这件事。他居然说可以，而且答应后天把稿子还给我。

再生的波兰

他们在瓦砾之中生长着,以防空洞为家,以咖啡店为办事处,食无定时,穿不称身的旧衣,但是他们却微笑着,骄傲地过着生活。

波兰的生活已慢慢地趋向正常了,但是这个过程却是痛苦的。混乱和破坏便是德国人在五年半的占领之后所留下的遗物。什么东西都必须从头做起。波兰好像是一片殖民的土地,必须要从一片空无所有的地方建立一个新的社会,一个经济秩序和一个政治行政。除此以外,带有一个附加的困难:德国人所播下的仇恨和猜疑的种子,必须连根铲除。

这里是几幅画像。在华沙区中,砖瓦工业已差不多完全破坏了,而华沙却急着需要砖瓦,因为它百分之八十五的房屋都已坍败了。第一件急务是重建砖瓦工业。那些未受损害的西莱细亚区域的工场,在战前每年能够出产七万万块砖瓦。它们可能立刻拿来用,但是困难却在运输上。铁路的货车已毁坏了,残余下多少交通材料尚待调查。政府想用汽车和运货汽车来补充。UNNRA 已经开始交货了,而且也答应得更多一点。

百分之六十的波兰面粉厂已变成瓦砾场了。政府感到重建它们的急要,现在已开始帮助它们重建了。在一万二十间面粉厂之中,二千间是由政府直接管理的——这些大都是被赶去了的德国人的产业。其余的面粉厂也由官方代管着,等待主有者来接收。

华沙是战争的最悲剧的城,又是世界上最古怪的城。在它的大街上走着的时候你除了废墟之外什么也看不到。这座城好像是死去而没有鬼魂出没的，可是从这些废墟之间，却浮现出生活来，一种认真的、工作而吃苦的生活，但却也是一种令人惊奇的快乐的生活。

你看见那些微笑的脸儿，忙碌的人物，跑来跑去的人。交通是十分不方便，少数的几架电车不够符合市民的需要，所以停车站上都排着长长的队伍。

今日华沙的最动人的景象，也许就是废墟之间的咖啡店生活吧。化为一堆瓦砾的大厦，当你在旁边走过的时候，也许会辨认不出来吧。瓦砾已被清除了，十张桌子和四十张椅子，整整齐齐地安排在那往时的大厦的楼下一层的餐室中，门口挂着一块招牌，骄傲地宣称这是"巴黎咖啡店"。顾客们来来去去，侍者侍候他们，生活就回到了那废墟。在今日，这些咖啡店就是复活的华沙的象征。

人们住在地下防空洞，临时搭的房间，或是郊外的避弹屋。这些住所是只适合度夜的，成千成万的人都把他们的日子消磨在咖啡店中。那些咖啡店，有时候是设在一所破坏了的屋子的最低一层，上面临时用木板或是洋铁皮遮盖着；有时设在那在轰炸中神奇地保全了的玻璃顶阳台上；但是大部分的咖啡店，却都是露天的。在那里，人们坐着谈天，讲生意，办公事。他们似乎很快乐，但是如果你听他们谈话你可以听见他们在那儿抱怨。他们不满意建筑太慢，交通太不方便。

这种临时的咖啡店吸引了各色各样的顾客：贩子们兜人买自来水笔和旧衣服，孩子卖报纸，还有一种特别的人物，那就是专卖外国货币的人。什么事情都有变通办法，如果有一件东西是无法弄得到的，只要一说出来，过了一小时你就可以弄到手。和咖啡店作着竞争的，有店铺和摊位。只消在被炮火打得洞穿的墙上钉几块木牌，店铺就开出来了。那些招牌宣告了那些店铺的存在和性质:"巴黎理发店""整旧如新,立等即有"等等。在另一条街上,在破碎的玻璃后面,几枝花和一块招牌写着"小勃里斯多尔"——原来在旧日的华沙,勃里斯多尔饭店是最大的旅馆。

这便是街头的生活,但是微笑的脸儿却隐藏着无数的忧虑。人民的衣服都穿得很坏;在波兰全国,衣服和皮革都缺乏得很,许多人都穿着几年以前的旧衣服,用不论任何方法去聊以蔽体。有的人则买旧衣服来穿,也不管那些衣服称身不称身,袖短及肘,裤短及膝的,也是常见的了。

在生活的每一部门,都缺乏熟练的人手。医生非常稀少,而人民却急需医药。几年以来,他们都是营养不良而且常常生病。孩子们都缺乏维他命和医药。留在那里的医生都忙得不可开交,他们不得不去和希特勒的饥饿政策和缺乏卫生的后患斗争。然而人民却并不仅仅生活,他们还亲切而骄傲地生活。那最初在华沙行驶的电车都结满了花带。那些并不比摊子大一点的店铺都卖着花。在波兰,差不多已经有三十家戏院开门了,而克格哥交响乐队,也经常奏演了。

报纸、杂志和专门出版物,都渐渐多起来,但是纸张的缺乏却妨碍了出版界的发展。小学和大学都重开了,但是书籍和仪器却十分缺乏。

在波兰,差不多任何东西都是不够供应。物价是高过受薪阶层的购买力。运输的缺乏增加了食品分配的困难,但是工厂和餐室,以及政府机关的食堂,却都竭力弥补这个缺陷。在波兰的经济机构中,是有着那么许多空洞,你刚补好了一个洞,另外五个洞又现出来了。经济的发动机的操纵杆不能操纵自如,于是整部车子就走几码就停下来了。

除了物质的需要之外,还有精神的不安。精确的估计算出,从一九三九年起,波兰死亡的总数有六百万人。现在还有成千成万的人,都还不知道自己的家属的存亡和命运。幸而人民的精神拯救了这个现状。他们泰然微笑地穿着他们不称身的衣服,吃着他们的不规则的饭食,忍受着物品的缺乏和运输的迟缓。他们已下了决心要使波兰重新生活起来。

夜莺

在神秘的银月的光辉中,树叶儿啁啾地似在私语,缔䌽地似在潜行;这时候的世界,好似一个不能解答的谜语,处处都含着幽奇和神秘的意味。

有一只可爱的夜莺在密荫深处高啭,一时那林中充满了她婉转的歌声。

我们慢慢地走到饶有诗意的树荫下来,悠然听了会鸟声,望了会月色。我们同时说:"多美丽的诗境!"于是我们便坐下来说夜莺的故事。

"你听她的歌声是多悲凉!"我的一位朋友先说了,"她是那伟大的太阳的使女:每天在日暮的时候,她看见日儿的残光现着惨红的颜色,一丝丝地向辽远的西方消逝了,悲思便充满了她幽微的心窍,所以她要整夜地悲啼着……"

"这是不对的。"还有位朋友说,"夜莺实是月儿的爱人:你可不听见她的情歌是怎地缠绵?她赞美着月儿,月儿便用清辉将她拥抱着。从她的歌声,你可听不出她灵魂是沉醉着?"

我们正想再听一会夜莺的啼声,想要她启示我们的怀疑,但是她拍着翅儿飞去了,却将神秘作为她的礼物留给我们。

/ 作品·散文 /

小说与自然

用自然景物来做小说的背景,是否用得其法,则要看作家自己的心境和手法如何而定。有时必须把自然景物引入作品里才成,有时则完全省去也不要紧。

例如女作家贞奥斯丁的小说便完全不用自然景物来做背景,她所描写的只有人而已。

汤姆斯·哈代的小说虽然也用自然景物做背景,可是他所描写的只限于威兹萨克斯附近的风光,不过他却能够把此处的特色玲珑浮突地刻画出来,所以有人叫他的小说做威兹萨克斯小说。他把用来做小说的背景的自然景物,巧妙地借以帮助小说里的人物的活动和事件的发展,因此,哈代的作品几乎不能跟自然分开来了。

史蒂文生也是一个在小说里侧重利用自然景物的作家,在他笔下刻画出来的那些背景,无不像一幅绘画一样的显得鲜明而美丽。而且他所写的自然动的地方比静的地方多,所以能引起读者一种深刻的兴趣。如风怎样吹的样子,又如雨怎样下的光景,都是他最拿手的描写地方。况复他的观察力非常敏锐,又微带点神经质气味,无论如何细微的地方也不肯放过,所以其感动人的力量就能沁人心脾。我们读史蒂文生的小说时,透过那些自然景物的描写便可以看出他的泼辣的才气,以及辨别好坏美丑的锐利眼光。

康拉特的小说,其爱好描写自然景物实在比其他作家更深一层。不过他多用大海来做小说的背景,大概这是因为受了少时航海日夕亲炙海上风光的影响吧!他所描写的船上火灾,沉船遇难,航行海上,暴风浪都能以一种独特的笔致细腻写出,刻画入微。然而这种写法虽然能在作品上多少加添些色彩,但是由于过分侧重自然活动的描写,就不免流露出一种主客倒置的不好现象。

梅利迪斯写恋爱小说时是运用富有诗意的风景来做背景。他的写法虽然写得非常曲折,但反而能够把自然感人最深的色与香的微妙处衬托出来,所以完全跟恋爱故事的小说背景铢两悉称。而且他常常把普通物像描写成比普通更强烈,更浓厚,自然而然会予人一种深刻的印象。

这样说来,贞奥斯丁是完全不靠自然景物依然可以写出好作品,反之,康拉特却因太过侧重自然景物,作品的主意就不免被做背景的自然描写破坏掉。其余三人哈代、史蒂文生、梅利迪斯却走的是中间路线,他们不特把自然弄成小说的适当而调和的背景,而且还能借助自然景物加强了作品的主意。因此,我们不能一口断定描写自然是好是坏,却应该考虑到其时,其地,其事是否宜于利用自然而已。

航海日记

一九三二年十月八日,戴望舒乘达特安号邮船赴法游学,海上航行一个月。戴望舒航海期间在活页练习簿上写下了一本日记,现根据手稿收入本书。标题为后加。

"Journal Sentimental"

Excuse mo í, Jel'ailu,

(Jelatroure dans da table

cammune, grand hasars!)

Je l'inl I trule ainsi, tu

Serais contene.

一九三二年十月八日

今天终于要走了。早上六点钟就醒来。绛年很伤心。我们互相要说的话实在太多了,但是结果除了互相安慰之外,竟没有说了什么话。我真想哭一回。

从振华到码头。送行者有施老伯,蛰存,杜衡,时英,秋原夫妇,呐鸥,王,瑛姊,萸,及绛年。父亲和萸没有上船来。我们在船上请王替我们摄影。

最难堪的时候是船快开的时候。绛年哭了。我在船舷上,丢下了一张字条去,说:"绛,不要哭。"那张字条随风落到江里去,绛年赶上去已来不及了。

看见她这样奔跑着的时候，我几乎忍不住我的眼泪了。船开了。我回到舱里。在船掉好了头开出去的时候，我又跑到甲板上去，想不到送行的人还在那里，我又看见了一次绛年，一直到看不见她的红绒衫和白手帕的时候才回舱。

房舱是第 327 号，同舱三人，都是学生。周焕南方大学，赵沛霖中法大学，刁士衡燕大研究院。

饭菜并不好，但是有酒，而且够吃，那就是了。

饭后把绛年给我的项圈戴上了。这算是我的心愿的证物：永远爱她，永远系念着她。

躺在舱里，一个人寂寞极了。以前，我是想到法国去三四年的。昨天，我已答应绛年最多去两年了。现在，我真懊悔有到法国去那种痴念头了。为了什么呢，远远地离开了所爱的人。如果可能的话，我真想回去了。常常在所爱的人，父母，好友身边活一世的人，可不是最幸福的人吗？

吃点心前睡着了一会儿，这几天真累极了。

今天有一件使人生气的事，便是被码头的流氓骗去了 100 法郎。

一九三二年十月九日

上午在甲板上晒太阳，看海水，和同船人谈话。同船的中国人竟没有一个人能说得上法语的。下午译了一点 *Ayala*，又到甲板上去，度寂寞的时候。晚间隔壁舱中一个商人何华携 Port wine 来共饮，和同舱人闲谈到十点多才睡。

一九三二年十月十日

照常是单调的生活。译了一点儿 *Ayala*。下午写信给绛年，家，蛰存，瑛姊，因为明天可以到香港了。

晚上睡得很迟，因为想看看香港的夜景，但是只看见黑茫茫的海。

一九三二年十月十一日

船在早晨六时许到香港，靠在香港对面的九龙码头。第一次看见香港。屋子都筑在山上，晨气中远远望去，像是一个魔法师的大堡寨。我们一行十一人上岸登渡头到香港去，把昨天所写的信寄了，然后乘人力车到先施公司去，在先施公司走了一转，什么也没有买，和林、周二人先归。船上饭已吃过，交涉也无效，和林、周三人饮酒嚼饼干果腹。醉饱之后，独自上码头在九龙车站附近散步。遇见到里昂去的卓君，招待他上船，又请他给我买了一张帆布床。以后呢，上船到甲板上走走，在舱里坐坐而已。

船下午六时开，上船的人很多。有一广东少女很 Charming，是到西贡去的。她说在上海住过四年，能说几句法文，又说她舱中只她一人（她的舱就在我们隔壁）。我看她有点不稳，大约不是娼妓就是舞女。

船开后便有风浪，同舱的赵沛霖大吐特吐，只得跑出来。洗了一个澡就到甲板上去闲坐。一直坐到十点多才睡。

一九三二年十月十二日

下午，那 Cantanaise 来闲谈了。她要打电报，我给她把电报译成了号码陪她去打，可是她要拍电去的堤南是没有电报局的，只得回下来。她要我到西贡时送她上汽车，我也答应了。她姓陈名若兰。在她舱里看她的时候，她穿着一件 Pyjama，颈上挂着一条白金项链，真是可爱。四点钟光景，她迁住二等 25 号去。

夜晚前后，那 Cantanaise 在三等舱中造成一个 Sensation，一个广东青年来找我，问我她是否（是）我们 Sister，Louis Rolle 则向我断定她是一个娼妓，一次二元就够了；一个安南少年来对我说，他常在香港歌台舞榭间看见她，大约不是正经人，而且她还没有护照。同舟中国人常向我开玩笑，好像我已和她有了什么关系似的。真是岂有此理。

临睡之前到甲板上去散步，碰到我们对面舱中的那个法国军官。他从上海到香港包了一个法国娼妓（洋五十元也）。那娼妓在香港下去了。他似乎性欲发得忍不住了，问我有没有法子 couder avec 那几个公使小姐。我对他说那是公使小姐，花钱也没有办法的，他却说 On peut trouver le moijer tont de maine。小姐们没有男子陪着旅行，我想，真是危险。这三位小姐不知道会不会吃亏呢。

Ayala 还没有译下去，因为饭堂里又热又闷，简直坐不住。真令人心焦。

一九三二年十月十三日

那广东少年姓邓，他今日来找了我好多次，要我陪着他去看陈若兰，大约他看出自己信用不好，找我去做幌子。我陪他去了两次。譬如那 Cantanaise 已有丈夫了，我想她大概是一个外室吧。她要到堤岸去。堤岸叫做 Cholon，故昨日电报没有打通，那广东少年很热心，让他去送她吧。

一九三二年十月十四日

起来写信给绛年，蛰存，家。午时便到西贡了。乘船人凑起钱来，请我做总办去玩。验护照后即下船，步行至 Jardin Botanigue 去，看了一回，乘洋车返船，真累极了。吃过点心后，和同船人到 Marché 去玩，一点也没意思。在归途中遇见那广东少年。他把通信处告诉我，并约我六时去。他的通信处是 Photo Ideal, 74, Boulevard Bonvard。

吃过午饭，即乘车去找他。和他及 Photo Ideal 的老板 Nhu 一同出去。他们还未吃饭，遂先上饭馆。饭后，即到旅馆中去转了一转，我和 Nhu 则在街上等他。Nhu 对我说，邓的父亲稍有几个钱，所以他只是游浪，不务正业，他们是在巴黎认识的，白相朋友而已。邓出来后，我们决定去跳舞，但因时间太早，故先到咖啡店中去坐了一回。十点多钟，跟他们出发去找舞伴，因为西贡是没有舞伴的。我们乘车到了一家安南人的家里。那人家只有三个女人在那里，据说男人已出门做生意了。安南人家的布置很特别，我们所去的一家已经有点欧化了。等那三位安南小姐梳妆好之后，便一同乘车至 Dancing MaJestic。那是西贡最上等的舞场，进去要出门票，音乐很好，又有歌舞女歌舞，感觉尚不坏。可是我很累，很少跳。到二点多钟，始返。他们要我住到那三位小姐家里去，我没有去。那三位安南小姐的名字是 Alice Tniu，Jeanne Duong，Le Hong，舞艺以 Alice 为最佳。

一九三二年十月十五日

起身后和同船人一同出去，预备到 Cholon 去玩，我先去兑钱，中途失散了，找他们不着，便一个人在路上闲逛。寄了信，喝了一瓶啤酒，即回船。他们都在船中了。他们与车夫闹了起来，不会说话，不认识路，只得回来。午饭后，再与他们一同出发到 Cholon 去。先到 Marché，乘电车往。Cholon 是广东人群住之处。我们在那儿逛了一回之后，到一家叫太湖楼的酒家喝茶，听歌，吃点心。返西贡后，至 Photo Ideal 去了一趟，辞了邓的约会。到 Marché 去买一顶白遮阳帽，天忽大雨，等雨停了才乘车返舟。

西贡天气很热，又常下雨，真糟糕。第一次饮椰子浆。

一九三二年十月十六日

一直睡到吃午饭的时候。午饭后，在船上走来走去，而已。

夜饭后和林华上岸去喝啤酒，回来即睡。船就要在明晨四时开了。

一九三二年十月十七日

起来时船已在大海中航行了。一种莫名其妙的悲哀捉住了我。我真多么想着家，想着绛年啊。带来的牛肉干已经坏了，只好丢在海里。绛年给我的 Sunkist 幸亏吃得快，然而已经烂了两个了。

今天整天为乡愁所困，什么事也没有做。

下午起了风浪，同舱中人，除我以外，都晕了。

在西贡花了许多钱，想想真不该。以后当节省。

一九三二年十月十八日

下午译了一点 *Ayala*。四点半举行救生演习，不过带上救命筏到甲板上去点了一次名而已。吃过晚饭后又苦苦地想着绛年，开船时的那种景象又来到我眼前了。

明天就要到新加坡，把给绛年，蛰存，家，瑛姊的信都写好了。

一九三二年十月十九日

上午九时光景到了新加坡，船靠岸的时候有许多本地土人操着小舟来讨钱，如果我们把钱丢下水去，他们就跃入水中去拿起来，百不失一。其中一老人技尤精，他能一边吸雪茄，一边跳入水去。上岸后里昂大学的学生们都乘车去逛了。我和林二人步行去寄信，在马路上走了一圈，喝了两瓶桔子汁，买了一份报回来。觉得新加坡比西贡干净得多。

在码头上买了一粒月光石，预备送给绛年。

船在下午三时启碇，据说明天可以到槟榔（Penang）。

在香港换的美国现洋大上当，只值二十法郎，有的地方竟还不要，而钞票却值到二十五法郎以上。

同舱的刁士衡对我说，他燕大的同学戴维清已把蛰存的《鸠摩罗什》译成英文预备到美国去发表。

一九三二年十月二十日

船在下午八时抵槟榔（Penang）。上岸后，与同舱人雇一汽车先在大街上巡游，继乃赴中国庙，沿途棕林高耸，热带之星灿然，风景绝佳，至则庙门已闭，且无灯火，听泉声蛙鸣，废然而返。至春满楼，乃下车。春满楼也，槟城之大世界也。吾侪购票入，有土戏，有广东戏，并亦有京戏。我侪巡绕一周并饮桔子水少许后，即出门，绕大街，游新公市（所谓新公市者，赌场而已），市水果，步行返舟。每人所费者仅七法郎。

一九三二年十月二十一日

睡时船已开，盖在今晨六时启碇者也。

译了点 *Ayala*，余时闲坐闲谈而已。

一九三二年十月二十二日

寂寞得要哭出来，整天发呆而已。

一九三二年十月二十三日

Nostalgie, nostalgie！

一九三二年十月二十四日

上午译了一点儿 *Ayala*。下午船中报告，云有飓风将至，将窗户都关上了，闷得要命。实际上却一点儿风浪都没有。睡得很早，因为明天一早就要到 Colombo 了。

一九三二年十月二十五日

吃过早饭后，船已进 Colombo 的港口。去验了护照，匆匆地把给绛年和家里的信写好了，然后上岸去。因为船是泊在港中而不靠岸，而公司的船又已开了，乃以五法郎雇汽船到岸上去。在岸上遇到了同船的诸人，和他们同雇了汽车在 Colombo 各地巡游，到的地方有维多利亚公园，佛教庙（庙中神像雕得很好，惜已欧化了，我们进去的时候须脱鞋），Zoo，Museum，无非走马看花而已。回来时寄三信，已不及到船上吃饭，就在埠头上一家 Restaurant 中吃了。饭后在大街中走了一会儿，独自去喝啤酒。回船休息了一会儿，又到岸上去闲逛，独吃了一个椰子浆，走了一圈，才回船。船在九时开。

一九三二年十月二十六~三十日

五天以来没有什么可记的，度着寂寞的时光罢了。印度洋上本来是多风浪的，这次却十分平静，正像航行在内河中一样。海上除大海一望无际外，什么也看不见，只偶然有几点飞鱼和像飞鱼似的海燕绕着船飞翔而已。

一九三二年十月三十一日

昨夜肚疼，今晨已愈，以后饮食当要小心。

下午四时船中有跑马会，掷升官图一类的玩艺儿而已。

晚饭后，看眉月，看繁星，看银河。写信给绛年，蛰存，家。

明天可以到 Djibouti 了。在船中理发。

一九三二年十一月一日

上午十一时到吉布提。船并不靠码头。我们吃了中饭后，乘小船（每人二 Francs）登岸。从码头走到邮政局，寄了信，即在路上闲走。吉布提是我们沿路见到的最坏的地方。天气热极，房屋都好像已坍败，路上积着泥，除了跟住我们不肯走的土人外，简直见不到人。我们到土人住的地方去走了一走，被臭气熏了回来，那里脏极了，人兽杂处，而土人满不在乎。有一土人说要领我们去看黑女裸舞，因路远未去，即返舟。

下午四时，船即启碇。

夜间九时船中有跳舞会，我很累，未去。

一九三二年十一月二日

天气很热，不敢做事，整天在甲板上。

一九三二年十一月三日

晚上船中开化装舞会，我也去参加，觉得很无兴趣，只舞了一次，很早就回来睡了。

一九三二年十一月四日

下午船上有抽签得彩之戏，去看看而已。

一九三二年十一月五日

七时抵 Suez，船并不靠岸，上岸去的人简直可以说一个也没有。有许多小贩来卖土货，还有照照片的。我买了一顶土耳其帽，就戴了这帽子照了一张照片。

船在二时许赴 Port Said，在 Suez 运河中徐徐航行，两岸漠漠黄沙，弥望无限。上午所写的给绛年，家的信，是在船中发的。

一九三二年十一月六日

上午五时许醒来，船已到 Port Said 了。七时起身吃了点心就乘小汽船上岸（13Francs），因为船还是不靠岸。

波塞是一个小地方，但却很热闹，我们上岸后就在大街上东走西看，觉得这地方除了春画可以公开卖和人口混乱外，毫无一点特点。我们在街上足足走了三小时，在书店中买了一册 Vn 回来。吃了中饭后到甲板上去看小贩售物，买了两包埃及烟。

船在四时三刻启碇入地中海。

天气突然凉起来，大家都换夹衣了。

一九三二年十一月七日

今日微有风浪，下午想译 *Ayala*，因头晕未果。

睡得很早。

一九三二年十一月八日

依然整天没有事做。晚饭后拟好了电报稿，准备到巴黎时发。

后记·关于戴望舒

后记·关于殿格

/ 后记·关于戴望舒 /

生平：丁香空结雨中愁

戴望舒，原名朝寀，字丞，小名海山，浙江杭县（今杭州）人。曾用笔名戴梦鸥、信芳、江思等。中国现代派象征主义诗人、翻译家。

戴望舒的一生是短暂但又辉煌的。他被称为"雨巷诗人"，是中国抒情诗人的代表。以至在他离世几十年后，还有很多人对他念念不忘。他的同乡冯亦代先生感慨："我心里永远保持着他《雨巷》中的诗句给我的遐想。当年在家乡时，每逢雨天，在深巷里行着，雨水滴在撑着的伞上，滴答滴答，我便想起了《雨巷》里的韵节。"

诗名远扬

1905年，戴望舒出生在杭州，一个充满诗情画意的南方城市。8岁时，入读杭州鹾务小学，14岁考入宗文中学。

1922年，17岁的戴望舒与张天翼、杜衡等人在杭州成立文学团体"兰社"，开始文学创作。1923年，戴望舒与施蛰存考入上海大学文学系。1925年5月，上海发生"五卅惨案"，戴望舒参与了上海大学生的游行示威，为工人声援。6月，上海大学被封，戴望舒转入震旦大学（今复旦大学）学习法语。

1926年，戴望舒与施蛰存、杜衡"三剑客"创办了《璎珞》，后与施蛰存、刘呐鸥创办《无轨列车》《新文艺》等刊物。可惜的是由于时局等原因，这些刊物最终皆以停办告终。不过在这期间，戴望舒发表了大量的诗歌、散文、小说、外文译著等，戴望舒的才华逐渐在文坛受到赞誉，尤其是那首《雨巷》，更是让戴望舒成名于天下。

直到一·二八抗战后，戴望舒等人受邀加入《现代》杂志，让戴望舒有了一个发表作品的园地，成就了戴望舒在现代派诗坛的领袖地位。

情路坎坷

戴望舒的一生，和三个女人有着不解之缘，可惜的是结局都不太美满。

在创办《文学工场》期间，戴望舒邂逅了人生中第一场恋爱，女孩是好友施蛰存的妹妹施绛年。然而戴望舒虽然才华横溢，但在感情方面却非常的木讷腼腆。后来在好友施蛰存的努力撮合下，施绛年才答应与戴望舒交往。戴望舒的第一部诗集《我的记忆》中，很多情诗都是为施绛年写的，那首著名的《雨巷》，据说也是为施绛年而写。

然而，戴望舒的深情与才华，并没有俘获施绛年的心。面对施绛年的冷淡，戴望舒甚至想到了自杀，施绛年心软答应与他订婚。不过施绛年的条件是：戴望舒必须要去留学，获得博士学位，等回国后有一份稳定的工作后，才能与他结婚。

1932年，戴望舒带着对事业与爱情的不舍，前往法国留学。到了法国之后，戴望舒的生活十分拮据，只能靠施蛰存寄来的钱维持生活。而戴望舒在法国并没有认真完成学业，而是把更多的精力放在了阅读、翻译、游历等事情上。1934年，戴望舒因参加了西班牙的反法西斯游行示威，后来被学校开除。一个月后，戴望舒回到了上海。回到上海后，戴望舒发现施绛年早已移情别恋。结束了8年的恋情，事业、爱情的双重打击，让戴望舒的人生陷入了谷底。

好友穆时英为了安慰戴望舒,把自己的妹妹穆丽娟介绍给了他。穆丽娟比戴望舒小12岁,美丽善良,爱好文学,对戴望舒很是仰慕。渐渐地,这个善解人意的姑娘融化了戴望舒冰封的心。

1936年6月,戴望舒与穆丽娟举行了婚礼。婚后,戴望舒的生活终于步入了正轨,有了温暖的家庭、可爱的女儿,他对诗歌创作和国外名著翻译的工作热情高涨。

1938年,戴望舒举家搬到了香港。可是到了香港后,戴望舒和穆丽娟的感情生活却遇到了危机。由于戴望舒性格内向,与妻子交流太少,而且态度很不好,两人经常发生争吵。1940年,由于戴望舒扣下了穆时英的奔丧电报,穆丽娟与他大吵一架后,回到了上海,并给戴望舒寄去了离婚协议书。之后戴望舒三次回到上海,希望能够挽回婚姻,甚至以自杀相迫,终究没能挽回穆丽娟的心。1943年,戴望舒与穆丽娟正式离婚。

与穆丽娟感情破裂后,经朋友介绍,戴望舒认识了杨静,并很快结了婚。这一年,戴望舒38岁,杨静17岁。婚后,杨静生下了2个女儿,两人也有过一段短暂的幸福生活。然而,与戴望舒内向的性格不同,杨静是个热衷社交的外向的人,经常参加舞会。而当时的戴望舒被诬为"汉奸",为了洗清嫌疑,戴望舒带着杨静回到了上海。回到上海后,由于大女儿的原因,戴望舒与穆丽娟有了一些来往,这让杨静非常地不快。重回香港后,戴望舒的生活十分拮据,而杨静却和一个青年私奔了,戴望舒仅仅延续了6年的婚姻又一次破裂了。

诗人的离去

日本占领香港之前,为了躲避战乱,很多文艺家来到香港,呼吁全民族共同抗争。戴望舒由于名气和才干，担任《星岛日报》副刊《星座》的主编，当时的文学界名家郭沫若、茅盾、郁达夫、萧红等人都是《星座》的专栏作家或撰稿人。戴望舒的诗也更关注国家、民族的命运以及人民的疾苦。他还成为了中华全国文艺界抗敌协会香港分会的负责人。

日本占领香港后，戴望舒没有随众多文化界名人撤离香港。1942年，戴望舒因宣传革命、抗日活动，被日军逮捕入狱。在狱中，戴望舒受尽酷刑，却依然没有向敌人屈服，并写下了《狱中题壁》表明了自己的爱国决心。等他被解救出来后，身体严重受损，旧疾哮喘症更是越来越严重。

抗战胜利后，戴望舒回到上海，在上海师范专科学校任教，并继续进行文学创作。1948年，因其参加民主运动，受到国民党通缉，他只能再次回到香港。

1949年3月，婚姻破裂、疾病缠身的戴望舒来到了北京，参加中华全国文学艺术工作者第一次代表大会。不久后，调任新闻出版总署国际新闻局法文科科长。

1950年2月，戴望舒因哮喘发作，注射麻黄素过量不幸去世，年仅45岁。

/ 后记·关于戴望舒 /

创作：从书房走进抗战的诗人

戴望舒的作品主要包括三个方面：诗歌、翻译作品、理论合集。他一生留下约百首诗歌，其中绝大部分都是前期的作品。

戴望舒的创作生涯要回溯到他17岁那年。1922年8月，戴望舒首次公开发表小说《债》。9月，他与张天翼、杜衡等人成立了"兰社"。在这一时期，戴望舒开始了新诗的写作，也开启了他的创作生涯。

考入上海大学文学系后，戴望舒结交了沈雁冰、田汉、丁玲等众多文化名人，并在教员田汉的课堂上学习了法国象征派代表诗人魏尔伦，对戴望舒的诗歌创作影响很大。

在上海大学的两年，戴望舒发表了《势立升长》《牺牲》《滑稽问答》等众多小说、散文和译著作品，在浙沪文坛初露锋芒。

1926年，戴望舒与施蛰存、杜衡创办了《璎珞》旬刊，戴望舒开始翻译他喜爱的魏尔伦等人的诗歌，并继续创作自己的诗歌作品。如《凝泪出门》《流浪人的夜歌》《可知》等都是这一阶段发表的。

1927年，戴望舒与施蛰存、杜衡等人又创办了《文学工场》。他翻译了法国浪漫主义作家夏多布里昂的长篇小说《阿达拉》和《核耐》，并与杜衡合作翻译了英国诗人欧奈思特·道生的诗歌，编为《道生诗歌全集》。后来，戴望舒结识了共产党人冯雪峰。在冯雪峰的影响下，戴望舒等三人开始涉足革命文学，他们翻译了英译苏联小说《飞行的奥西普》，并取名为《俄罗斯短篇杰作集》出版。后来，四位热血青年决定自己创办刊物，命名为《文学工场》。可惜由于内容太过激进，《文学工场》在出版两期后只能停刊。

1928年9月，戴望舒与施蛰存等人又创办了刊物《无轨列车》，出版了许多进步书刊，宣传革命文学。戴望舒在这期间翻译了很多马列主义文艺理论文章，后因"宣传赤化"被关闭。

这段期间，戴望舒创办刊物之路困难重重，但是还是创作了很多作品。尤其是那首《雨巷》，让戴望舒一鸣惊人，上海的知名报刊皆纷纷向他约稿。1929年4月，戴望舒出版了第一本诗集《我的记忆》，在文艺界有着非常大的影响。

一·二八抗战后，现代书局的老板洪雪凡邀请戴望舒等人创办《现代》杂志。在这期间，戴望舒发表了大量翻译作品，并创作了很多的诗歌与散文，逐渐奠定了戴望舒在现代派诗坛的领袖地位。

1933年，戴望舒在法国留学期间，还出版了他的第二本诗集《望舒草》。

1937年，戴望舒出版了他的第三本诗集《望舒诗稿》。

七七事变爆发以后，戴望舒深刻感受到了祖国和人民的苦难，积极投身于民族解放斗争中，他的诗歌在思想性和艺术性上都有了巨大的突破。如《我用残损的手掌》《狱中题壁》《元旦祝福》《偶成》等都是这一时期的作品。1948年，戴望舒出版了他的最后一本诗集《灾难的岁月》，收入了他1934年至1945年的诗作。卞之琳先生称这一时期是戴望舒诗艺发展的"新的开篇""新的转折点"。

艺术成就：中国新体诗的拓荒人

戴望舒的文学成就主要体现在诗歌方面。杜衡说："望舒的作品，很少架空感情，铺张而不虚伪，华美而有度。"艾青说："构成望舒的诗的艺术的，是中国古典文学和欧洲文学的影响。他的诗，具有很高的语言的魅力。"

通观戴望舒的诗作，我们会发现，他的诗在中国诗歌史上起到了告别旧体诗，另辟蹊径的作用。戴望舒在诗的内容和形式上，一直在努力融合古今、中西。他的诗不仅有着旧体诗的语言美、形式美和韵律美，也在不断创新，促进新体诗的发展。

戴望舒的诗歌，在人生不同阶段，是有差别的。年轻的时候，他的诗歌大多数都是抒情的作品，主要是对个人情感的表达，基调比较低沉，有一种悲伤的情绪蔓延其中。这跟他的个人经历有关，早期他最大的烦忧便是爱情，对于初恋，刚开始的求不得，都反映在了早期的诗歌中，所以，早期作品多是情诗、愁诗。尤其是《旧锦囊》中留存的 12 首诗作，大多都是表达哀思的作品。如《寒风中闻雀声》中的"枯枝在寒风里悲叹，死叶在大道上萎残"，《可知》中的"可知怎的旧时的欢乐，到回忆都变作悲哀"，《山行》中的"见了你朝霞的颜色，便感到我落月的沉哀"等，都充满了的孤独、抑郁、伤感的气息。1927 年《雨巷》发表，这不但是戴望舒文学生涯的一个高峰，也是他的诗歌由浪漫式抒情向象征式抒情的一个转折。

钱理群认为"戴望舒能在文学史上留名最大的原因是他所创作的优秀的

诗歌，他本人也在二十年代末和三十年代初因为其风格独特的诗作被人称为现代诗派'诗坛领袖'。1927年，他的诗《雨巷》显示了新月派向现代派过渡的趋向，而1929年所创作的《我的记忆》则成为了现代诗派的起点。"

李伟超也认为"戴望舒诗歌以忧郁情思为基点，诗歌中所蕴含古典意味的生命感受。首先，戴望舒的爱情诗在表现爱情的隐私性以及表现爱情时多运用女性意象方面，明显地受到晚唐诗人的影响，从某种意义上甚至可以说是对温、李诗歌相思主题的现代诠释。同时，爱情成为诗人人生体验的主要内容之一，这体现了戴望舒诗歌的现代性。综言之，戴望舒的爱情经历是现代的，爱情特质是现代的，但他所赋予的表现形式却是古典的、传统的。其次，戴望舒诗歌中的悲秋主题深受中国古典文学的影响，诗人以咏秋的传统题材来呈现现代人寂寞与青春烦忧的感伤情怀，加强了诗歌的审美张力。而理解隐藏在悲秋主题背后的死亡意识则能更好地理解诗歌中的忧郁情感。"

1933年，戴望舒的第二本诗集《望舒草》出版。这一时期，戴望舒的诗歌作品相比于第一阶段，更趋于成熟。作者有了恋爱和留学的经历，此外，同时期的中国，"大革命"失败，整个国家弥漫着"白色恐怖"，诗人的美好理想和爱国主义情怀与现实格格不入，生活和思想上处处充满矛盾，使他的精神苦闷而低沉。但是，此时的戴望舒已不再是少年心性，心理上更趋于成熟，不再作为追随者，走别人走过的路，而是努力寻求突破口，找寻解决办法，他的诗歌风格，也是在这一时期，通过不断探寻而确定下来。在《寻梦者》中，他写道："你的梦开出花来了，你的梦开出娇妍的花来了，在你已衰老了的时候。"他已明白"任何美好理想的实现，任何事业成功的获取，必须付出一生的艰苦代价来追求。"戴望舒在这一时期，作品虽然还是有孤独、寂寞、伤感的情绪，但已经不完全只是这些，还掺有色调明朗、情绪奔放的诗作。如《祭日》《游子谣》《村姑》等。甚至在个别诗作中，我们还能读到诗人对于普通人的关切和对光明的向往。如《流水》中："在一个寂寂的黄昏里，我看见一切的流水，在同一个方向中，奔流到太阳的家乡去。"如果说早期，戴望舒还有点"为赋新词强说愁"，那么这时的他，对于人，对于生命，对于情感有了更深入的思考。

李伟超认为"作为一位深受中西文学和文化影响的诗人，戴望舒积极寻找中西诗歌艺术的融合点，创造出了属于自己民族的现代诗。戴望舒在新诗的民族性建构方面的一些经验和做法启示现当代作家们：在全球化语境下，现代中国新诗的创作，应该以民族文化审美心理机制为基础，以民族精神为灵魂，来吸收外国文学的艺术营养，建构中国文学的民族性。"

1937年七七事变爆发后，戴望舒积极投入抗日救亡运动中，诗歌观念和创作实践发生了重大的变化，"他决心在敌人的阴霾气候中挣扎，以自己微渺的光亮尽一点照明之责。"相比之前过分注重自己内心的感受，他这一阶段的诗歌，有了更多描写抗争、坚强、爱国的主题，曾经细腻的哀愁逐渐转变为积极、坚强、乐观的态度。1939年的元旦，面对日本帝国主义的侵略，他写出了《元日祝福》："新的年岁带给我们新的力量。祝福！我们的人民，艰苦的人民，英勇的人民，苦难会带来自由解放。"这首诗表现了他与敌人斗争到底的决心，和真切而强烈的爱国主义情感。1942年，戴望舒被日本侵略者逮捕入狱后，他的诗风又再次发生了变化。《狱中题壁》中"当你们回来，从泥土掘起他伤损的肢体，用你们胜利的欢呼把他的灵魂高高扬起"，《我用残损的手掌》中"我把全部的力量运在手掌贴在上面，寄予爱和一切希望"。都表达了戴望舒为民族解放慷慨赴义的勇气和胸有成竹的信心。此外，《示长女》《在天晴了的时候》也表达了诗人在长年的战争生活中对于和平的渴望。他的《偶成》中"它们只是像冰一样凝结，而有一天会像花一样重开"，表达了对未来充满了信心和希望。总之，"戴望舒后期的诗歌作品已显示出了超越个人情感的高层次内涵和蓬勃的生命力。"

戴望舒曾说:"诗的情绪不是用摄影机摄出来的,它应当用巧妙的笔触描出来。这笔触又是活的,千变万化的。"话中所说的"巧妙的笔触"就是用艺术的语言筑造诗歌。所以戴望舒的诗歌语言最突出的艺术特点就是音乐美。

唐婷婷
2020 年 5 月